陈柱讲中国散文史

陈柱 著

·南京·

图书在版编目（CIP）数据

陈柱讲中国散文史 / 陈柱著. -- 南京：河海大学出版社，2021.9
ISBN 978-7-5630-6709-1

Ⅰ.①陈… Ⅱ.①陈… Ⅲ.①古典散文－文学史－中国 Ⅳ.①I207.62

中国版本图书馆CIP数据核字（2020）第269023号

书　　　名 /	陈柱讲中国散文史
	CHEN ZHU JIANG ZHONGGUO SANWENSHI
书　　　号 /	ISBN 978-7-5630-6709-1
责任编辑 /	毛积孝
特约编辑 /	何　薇　　叶青竹
特约校对 /	李　萍
出版发行 /	河海大学出版社
地　　　址 /	南京市西康路1号（邮编：210098）
电　　　话 /	（025）83737852（总编室）
	（025）83722833（营销部）
经　　　销 /	全国新华书店
印　　　刷 /	三河市双峰印刷装订有限公司
开　　　本 /	880mm×1230mm　1/32
印　　　张 /	6.125
字　　　数 /	136千字
版　　　次 /	2021年9月第1版
印　　　次 /	2021年9月第1次印刷
定　　　价 /	69.80元

《大师讲堂》系列丛书
▶ 总序

/ 吴伯雄

梁启超说:"学术思想之在一国,犹人之有精神也。"的确,学术的盛衰,关乎一个民族的精神气象与文化氛围。民国是一个动荡不安的时代,内忧外患,较之晚清,更为剧烈,中华民族几乎已经濒临亡国灭种的边缘。而就是在这样日月无光的民国时代,却涌现出了一批批大师,他们不但具有坚实的旧学基础,也具备超前的新学眼光。加之前代学术的遗产,西方思想的启发,古义今情,交相辉映,西学中学,融合创新。因此,民国是一个大师辈出的时代,梁启超、康有为、严复、王国维、鲁迅、胡适、冯友兰、余嘉锡、陈垣、钱穆、刘师培、马一孚、熊十力、顾颉刚、赵元任、汤用彤、刘文典、罗根泽……单是这一串串的人名,就足以使后来的学人心折骨惊,高山仰止。而他们在史学、哲学、文学、考古学、民俗学、教育学等各个领域所取得的成就,更是创造出了一个异彩纷呈的学术局面。

岁月如轮,大师已矣,我们已无法起大师于九原之下,领教大师们的学术文章。但是,"世无其人,归而求之吾书"(程子语)。

大师虽已远去，他们留下的皇皇巨著，却可以供后人时时研读，时时从中悬想其风采、吸取其力量，不断自勉，不断奋进。诚如古人所说："圣贤备黄卷中，舍此安求！"有鉴于此，我们从卷帙浩繁的民国大师著作当中，精心编选出版了这一套"大师讲堂系列丛书"，分辑印行，以飨读者。原书初版多为繁体字竖排，重新排版、字体转换过程当中，难免会有鲁鱼亥豕之讹，还望读者不吝赐正。

　　吴伯雄，福建莆田人，1981年出生。2003年考入福建师范大学古代文学研究系，师从陈节教授。2006年获硕士学位。同年9月考入复旦大学中文系古代文学专业，师从王水照先生。2009年7月获博士学位。同年9月进入福建师范大学文学院古代文学教研室工作。推崇"博学而无所成名"。出版《论语择善》（九州出版社）、《四库全书总目选》（凤凰出版社）。

目录

骈文渐成时代之散文　两汉三国　|001

骈文极盛时代之散文　晋及南北朝　|075

古文极盛时代之散文　唐宋　|106

骈文渐成时代之散文 两汉三国

第一章 总论

汉继秦反文之治而为崇文之国,虽汉高祖马上得天下,薄儒生,溺儒冠,而大风一歌,实为开国之至文。厥后楚元王学诗,惠帝除挟书之律,文帝使晁错受《尚书》,使博士作王制,又置《尔雅》《孝经》《孟子》博士。《汉书·艺文志》云:"迄于孝武,书缺简脱,礼坏乐崩,圣上喟然而称曰:朕甚闵焉。于是建藏书之策,置写书之官,下及诸子传说,皆充秘府。至成帝时以书颇散亡,使谒者陈农求遗书于天下。"故自孝武以来,益彬彬多文学之士矣。

汉之文学渊源于战国者为最多,辞赋既原于屈宋荀卿,而京都一类,侈陈形势,亦本于苏秦张仪之游说。凡此韵文之属,今姑勿论。若汉之散文,则莫盛于书疏。此亦本于战国策之书说。姚姬传

《古文辞类纂》，于奏议类列楚莫敖子华《对威王》，张仪司马错《议伐蜀》，苏子《说齐闵王》，虞卿《议割六城与秦》，中旗《说秦昭王》，信陵君《谏与秦攻韩》，李斯《谏逐客书》诸篇，于贾山《至言》，贾谊《陈政事疏》之上；于书说类列陈轸《为齐说昭阳》，及苏秦《苏代淳于髡游说》诸篇，与范雎《献书昭王》，乐毅《报惠王书》，汗明《说春申君》等篇，于邹阳《谏吴王书》《狱中上梁王书》，枚叔《说吴王书》，司马子长《报任安书》之上：可谓明文体之源流者矣。

  汉人最重辞赋。班固《两都赋序》曰："或曰赋者古诗之流也。昔成康没而颂声寝；王泽竭而诗不作。大汉初定，日不暇给。至于武宣之世，乃崇礼官，考文章，内设金马石渠之署，外兴乐府协律之事，以兴废继绝，润色鸿业。是以众庶悦豫，福应尤盛，白麟赤雁芝房宝鼎之歌，荐于郊庙；神雀五凤甘露黄龙之瑞，以为年纪。故言语侍从之臣，若司马相如、虞丘寿王、东方朔、枚皋、王褒、刘向之属，朝夕论思，日月献纳。而公卿大臣御史大夫倪宽、太常孔臧、太中大夫董仲舒、宗正刘德、太子太傅萧望之等，时时闲作。或以抒下情而通讽谕，或以宣上德而尽忠孝，雍容揄扬，著于后嗣，抑亦雅颂之亚也。故孝成之世，论而录之。盖奏御者千有余篇，而后大汉之文章，炳焉与三代同风。"此以文章二字专指辞赋而言，则汉人之重视辞赋可知矣。《楚辞》源于三百篇，汉赋又源于《楚辞》，而汉人之散文，实皆多受辞赋化。柳宗元《西汉文类序》曰："殷周以前，其文简而野。魏晋以降，则荡而靡。得其中者汉氏。

汉氏之东，则既衰矣。当文帝时始得贾生明儒术，武帝尤好焉，而公孙宏董仲舒司马迁相如之徒作，风雅益盛，敷施天下。自天子至公卿大夫士庶人，咸通焉。于是宣于诏策，达于奏议，讽于辞赋。传于歌谣。由高帝以讫于哀平王莽之诛，四方文章，盖烂然矣。"此言西汉文章之盛，而文质得中也。其所以如此者，盖不特辞赋为汉文之特色，为受《楚辞》之影响而已；即其《书疏》等散文，亦莫不渐受辞赋之影响，而日趋于富丽，如贾生司马相如之徒之所为是也。故西汉之散文，为李兆洛《骈体文钞》所选者，如汉景帝后六年《令二千石修职诏》，汉武帝元朔元年《议不举孝廉者罪诏》，元狩二年《报李广诏》、贾山《至言》、贾生《过秦论》、枚叔《上书谏吴王》、邹阳《狱中上书吴王》《狱中上书自明》、司马长卿《上书谏猎》《难蜀父老》《喻巴蜀檄》、晁错《对贤良文学策》、公孙宏《对贤良文学策》、司马子长《报任安书》、刘子政《上灾异封事》《讼陈汤疏》、刘子骏《移太常博士》等篇，虽不能即谓为骈文，然而不能不谓为已将成骈文之体势者也。由西汉而渐进至东汉，由东汉而渐进至于三国，若子桓子建兄弟，遂为六朝骈体之宗师矣。

西汉武帝时代之散文已有与骈文无异者，今录邹阳枚乘各一篇如下：

邹阳《狱中上书》

　　臣闻忠无不报,信无不疑,臣常以为然,徒虚语耳。昔荆轲慕燕丹之义,白虹贯日,太子畏之;卫先生为秦画长平之事,太白蚀昴,昭王疑之。夫精诚变天地而信不谕两主,岂不哀哉!今臣尽忠竭诚,毕议愿知,左右不明,卒从吏讯,为世所疑。是使荆轲、卫先生复起而燕、秦不悟也。愿大王熟察之。

　　昔玉人献宝,楚王诛之;李斯极忠,胡亥极刑。是以箕子佯狂,接舆避世,恐遭此患也。愿大王察玉人、李斯之意,而后楚王、胡亥之听,无使臣为箕子、接舆所笑。臣闻比干剖心,子胥鸱夷,臣始不信,今乃知之。愿大王熟察,少加怜焉!

　　语曰:"白头如新,倾盖如故。何则?"知与不知也。故樊於期逃秦之燕,藉荆轲首以奉丹之事;王奢去齐之魏,临城自刭,以却齐存魏。夫王奢、樊於期,非新于齐、秦而故于燕、魏也,所以去二国而死两君者,行合于志,而慕义无穷也。是以苏秦不信于天下,而为燕尾生;白圭战亡六城,为魏取中山。何则?诚有以相知也。苏秦相燕,人恶之于燕王,燕王按剑而怒,食以䭾骁;白圭显于中山,人恶之于魏文侯,文侯赐以夜光之璧。何则?两主二臣,剖心析肝相信,岂移于浮词哉!

　　故女无美恶,入宫见妒;士无贤不肖,入朝见嫉。昔司马喜膑脚于宋,卒相中山;范雎折胁折齿于魏,卒为应侯。此二人者皆信必然之画，捐朋党之私，挟孤独之交，故不能自免于嫉妒之人也。是以申徒狄蹈雍之河，徐衍负石入海，不容身于世，义不苟取比周于朝以移人主之心。故百里奚乞食于道路，穆公委之以政；宁戚饭牛于车下，桓公任之以国。此二人者，岂素宦于朝，借誉于左右，然后二主用之哉？感于心，合于意。坚如胶漆，昆弟不能离，岂惑于众口哉？故偏听生奸，独任成乱。昔鲁听季孙之说逐孔子，宋信子冉之计囚墨翟。夫以孔、墨之辩不能自免于谗谀而二国以危。何则？众口铄金，积毁销骨也。秦用戎人由余而霸中国，齐用越人子臧而强威、宣。此二国岂拘于俗，牵于世，系奇偏之浮辞哉？公听并观，垂明当世。故意合则胡越为兄弟，由余、子臧是矣；不合则骨肉为雠敌，朱、象、管、蔡是矣。今人主诚能用齐、秦之明，后宋、鲁之听，则五伯不足侔，而三王易为比矣。

是以圣主觉悟，捐子之之心，而不说田常之贤，封比干之后，修孕妇之墓，故功业覆于天下。何则？欲善无厌也。夫晋文公亲其雠而强霸诸侯，齐桓用其仇而一匡天下。何则？慈仁殷勤，诚加于心，不可以虚辞借也。

至夫秦用商鞅之法，东弱韩、魏，立强天下，而卒车裂之。越用大夫种之谋，禽劲吴而霸中国，遂诛其身。是以孙叔敖三去相而不悔，於陵子仲辞三公为人灌园。今人主诚能去骄傲之心，怀可报之意，披心腹，见情素，隳肝胆，施德厚，终与之穷达，无爱于士，则桀之犬可使吠尧，而跖之客可使刺由，何况因万乘之权，假圣王之资乎！然则荆轲沉七族，要离燔妻子，岂足为大王道哉！

臣闻明月之珠，夜光之璧，以暗投人于道，众莫不按剑相眄者。何则？无因而至前也。蟠木根柢，轮囷离奇，而为万乘器者，何则？以左右先为之容也。故无因而至前，虽出隋珠和璧，只结怨而不见德；故有人先游，则枯木朽株，树德而不忘。今夫天下布衣穷居之士，身在贫羸，虽蒙尧、舜之术，挟伊、管之辩，怀龙逢、比干之意，而素无根柢之容，虽竭精神，欲开忠于当世之君，则人主必袭按剑相眄之迹矣。是使布衣之士，不得为枯木朽株之资也。

是以圣王制世御俗，独化于陶钧之上，而不牵乎卑乱之语，不夺乎众多之口。故秦皇帝任中庶子蒙嘉之言，以信荆轲而匕首窃发；周文王猎泾渭，载吕尚归以王天下。秦信左右而亡，周用乌集而王。何则？以其能越拘挛之语，驰域外之议，独观于昭旷之道也。

今人主沉谄谀之词，牵帷墙之制，使不羁之士，与牛骥同皂，此鲍焦所以愤于世也。

臣闻盛饰入朝者，不以私污义；砥砺名号者，不以利伤行。故里名胜母，曾子不入；邑号朝歌，墨子回车。今欲使天下寥廓之士，笼于威重之权，胁于位势之贵，回面污行，以事谄谀之人，而求亲近于左右，则士有伏死掘穴岩薮之中耳，安有尽忠信而趋阙下者哉！

枚乘《谏吴王书》

臣闻得全者全昌，失全者全亡。舜无立锥之地以有天下，禹无十户之聚以王诸侯。汤武之士，不过百里，上不绝三光之明，下不伤百姓之心者，有王术也。故父子之道，天性也。忠臣不避重诛以直谏，则事无遗策，功流万世。臣乘愿披腹心而效愚忠，唯大王少加意念恻怛之心于臣乘言。夫以一缕之任，系千钧之重，上县无极之高，下垂不测之渊，虽甚愚之人，犹知哀其将绝也。马方骇鼓而惊之，系方绝又重镇之。系绝于天不可复结，坠入深渊难以复出。其出不出间不容发，能听忠臣之言，百举必脱。必若所欲为，危于累卵，难于上天；变所欲为易于反掌，安于泰山。今欲极天命之寿，敝无穷之乐，究万乘之势，不出反掌之易，以居泰山之安，而欲乘累卵之危，走上天之难，此愚臣之所以为大王惑也。人性有畏其景而恶其迹者，却背而走，迹愈多景愈疾，不知就阴而止，景灭迹绝。欲人勿闻，莫若勿言；欲人勿知，莫若勿为。欲汤之沧，一人炊之，百人扬之无益也，不如绝薪止火而已。不绝之于彼，而救之于此，譬犹抱薪而救火也。养由基楚之善射者也。去杨叶百步，百发百中，杨叶之大，加百中焉，可谓善射矣。然其所止乃百步之内耳。此于臣乘，未知操弓持矢也。福生有基，祸生有胎，纳其基，绝其胎，祸何自来？泰山之霤穿石，单极之绠断干。水非石之钻，索非木之锯，渐靡使之然也。夫铢铢而称之，至石必差，寸寸而度之，至丈必过。石称丈量，径而寡失。夫十围之木，始生如蘖，足可搔而绝，手可擢而拔，据其未生，先其未形也。磨砻砥厉，不见其损，有时而尽；种树畜养，不见其益，有时而大；积德累行，不知其善，有时而用；弃义背理，不知其恶，有时而亡。臣愿大王熟计而身行之，此百世不易之道也。

此二篇比物连类，虽后世极丽之骈文，何以过之？故曰：两汉之世为骈文渐成之时代也。至于三国，遂几于骈文时代文。

第二章　由学术时代而渐变为文学时代之散文　两汉

第一节　总论

自《春秋》以上之诸史，皆为治化而为文；周秦诸子，则皆为学术而为文，无专以文为事者。屈平宋玉为韵文专家，似专以文为事矣；而实亦本于忧时怨生而作，亦不能谓专以文为事者也；盖其不欲以文见者其素志也；其不得不专以文名者其不幸也。至汉之贾谊，擅长奏疏，而不得行其志，始为赋以吊屈原，又自伤寿不得长，为《鵩鸟赋》，是为汉代辞赋开山之大家；然揣其始志，亦未尝欲以赋家名于世也；不得已而为劳者之自歌耳。故《太史公书》以谊与屈原同传，均不幸而以辞赋名者也。至枚乘司马相如之徒出，始专以辞赋为务。承其流者有枚皋、王褒、扬雄之徒，刻意摹拟，均专欲以文争胜。太史公作司马相如列传，尽录其《子虚》《上林》诸赋；班孟坚作《扬雄传》，尽录其《羽猎》《反离骚》等文；盖即后世《文苑传》之所自仿，而文学与学术离而为二之所由起也。又太史公传《儒林》，尝以文学与儒者同称。及班固《两都赋序》，乃专以文章属辞赋。且班氏所称诸家如司马相如、虞丘、寿王、东方朔、枚皋、王褒、刘向、倪宽、孔臧、董仲舒、刘德、萧望之等，今诸人之赋，皆多残亡，唯司马相如、刘向之赋，尚有存者，刘向之《九叹》，亦不为世所重。疑此辈皆多以经术家追逐时好而作辞赋，谅非其长，故不能工，而不能传于后世。唯司马相如史不称其精湛他学，唯以辞赋见称，实为文学家与学术家分家之始祖。自是而后，汉之学者，乃有专为文学而文学者矣。

《后汉书·文苑传》，自杜笃王烈凡二十二人，皆专以文学名者。范蔚宗赞之曰："情志既动，篇章为贵；抽心呈貌，非雕非蔚；殊状共体，同声异气；言观丽则，永监淫费。"盖彼等皆纯粹之文士矣。

第二节　辞赋家之散文

　　汉代辞赋家可谓至众,不可殚述,兹择最著者二人以略见一斑焉:曰贾谊、曰司马相如。其他如扬雄、班固、张衡之伦,其所为散文,亦莫不受辞赋影响,不能具论焉。《史记·贾生列传》云:"贾生名谊,雒阳人也,年十八,以能诵诗属书闻于郡中。吴廷尉为河南守,闻其秀才,召置门下,甚幸爱。孝文皇帝初立,闻河南守吴公治平为天下第一,故与李斯同邑,而常学事焉,乃征为廷尉。廷尉乃言贾生年少,颇通诸子百家之书。文帝召以为博士。是时贾生年二十余,最少,每诏令议下,诸老先生不能言,贾生尽为之对,人人各如其意所欲出,诸生乃自以为不能及也。孝文帝说之,超迁,一岁至太中大夫。贾生以为汉兴至孝文二十余年,天下和洽,而固当改正朔,易服色,法制度,定官名。乃悉草具其事仪法,色尚黄,数用五,为官名,悉更秦之法。孝文帝初即位,谦让未遑也。诸律令所更定及列侯悉就国,其说皆自贾生发之。于是天子议以为贾生任公卿之佐。绛灌东阳侯冯敬之属尽害之。乃短贾生曰:雒阳之人,年少初学,专欲擅权,纷乱诸事。于是天子后亦疏之,不用其议,乃以贾生为长沙王太傅。贾生既辞往行,闻长沙卑湿,自以为寿不得长,又以适去,意不自得,及度湘水,为赋以吊屈原,其辞云云。贾生为长沙王太傅,三年有鸮飞入贾生舍,止于坐隅,楚人命鸮曰服,贾生既以适居长沙,长沙卑湿,自以为寿不得长,伤悼之,乃为赋以自广，其辞曰云云。"贾生实为汉代最早之赋家。其辞赋作品，可谓追踪屈宋，缩长篇为短章，虽祖述屈宋而不蹈袭屈宋。汉之赋家如司马杨班虽以富丽胜，而论气格则未能或之先也。然贾生之散文亦为汉代之冠。张溥辑一百三家有《贾长沙集》一卷。今选录其《过秦论》上篇如下：

过秦论

秦孝公据崤函之固，拥雍州之地，君臣固守，以窥周室，有席卷天下，包举宇内，囊括四海之意，并吞八荒之心。当是时，商君佐之，内立法度，务耕织，修守战之具；外连衡而斗诸侯。于是秦人拱手而取西河之外。

孝公既没，惠文、武、昭襄，蒙故业，因遗策，南取汉中，西举巴、蜀，东割膏腴之地，北收要害之郡。诸侯恐惧，会盟而谋弱秦，不爱珍器重宝肥饶之地，以致天下之士，合从缔交，相与为一。当此之时，齐有孟尝，赵有平原，楚有春申，魏有信陵。此四君者，皆明智而忠信，宽厚爱人，尊贤重士，约从离横，兼韩、魏、燕、赵、齐、楚、宋、卫、中山之众。于是六国之士，有宁越、徐尚、苏秦、杜赫之属为之谋，齐明、周最、陈轸、邵滑、楼缓、翟景、苏厉、乐毅之徒通其意，吴起、孙膑、带佗、兒良、王廖、田忌、廉颇、赵奢之伦制其兵。尝以十倍之地、百万之众，叩关而攻秦。秦人开关延敌，九国之师逡巡遁逃而不敢进。秦无亡矢遗镞之费，而天下诸侯已困矣。于是从散约解，争割地而奉秦。秦有余力而制其弊，追亡逐北，伏尸百万，流血漂橹。因利乘便，宰割天下，分裂河山。强国请服，弱国入朝。延及孝文王、庄襄王，享国日浅，国家无事。

及至秦王，奋六世之余烈，振长策而御宇内，吞二周而亡诸侯，履至尊而制六合，执棰拊以鞭笞天下，威振四海，南取百越之地，以为桂林、象郡；百越之君，俯首系颈，委命下吏。乃使蒙恬北筑长城而守藩篱，却匈奴七百余里。胡人不敢南下而牧马，士不敢弯弓而报怨。于是废先王之道，焚百家之言，以愚黔首。堕名城，杀豪杰，收天下之兵聚之咸阳。销锋镝，铸以为金人十二，以弱天下之民。然后践华为城，因河为池，据亿丈之城，临不测之渊以为固。良将劲弩，守要害之处，信臣精卒，陈利兵而谁何。天下已定，秦王之心，自以为关中之固，金城千里，子孙帝王万世之业也。

秦王既没，余威震于殊俗。陈涉瓮牖绳枢之子，氓隶之人，而迁徙之徒也；才能不及中人，非有仲尼、墨翟之贤，陶朱、猗顿之富；蹑足行伍之间，而倔起阡陌之中，率罢散之卒，将数百之众，而转攻秦。斩木为兵，揭竿为旗。天下云集响应，赢粮而景从。山东豪俊，遂并起而亡秦族矣。

且夫，天下非小弱也，雍州之地，殽函之固，自若也。陈涉之位，非尊于齐、楚、燕、赵、韩、魏、宋、卫、中山之君；

锄耰棘矜，非铦于钩戟长铩也；谪戍之众，非抗于九国之师；深谋远虑，行军用兵之道，非及曩时之士也。然而成败异变，功业相反也。试使山东之国，与陈涉度长絜大，比权量力，则不可同年而语矣。然秦以区区之地，致万乘之权，招八州而朝同列，百有余年矣；然后以六合为家，殽函为宫；一夫作难而七庙堕，身死人手，为天下笑者何也？仁义不施，而攻守之势异也。

此文排比敷张，实有辞赋色采，自"且夫天下非小弱也"至末即为班固《东都赋》末一段所本。其文云：

且夫僻界西戎，险阻四塞，修其防御，孰与处乎土中？平夷洞达万方辐凑，秦岭九嵕，泾渭之川，曷若四渎五岳，带河溯洛图书之渊，建章甘泉，馆御列仙，孰与灵台明堂？统和天人，太液昆明，鸟兽之囿，曷若辟雍海流？道德之富，游侠逾侈，犯义侵礼，孰与同履法度？翼翼济济也。子徒习阿房之造天，而不睹京洛之有制也；识函谷之可关，而不知王者之无外也。

陈石遗先生云："论辨一类，古今以贾谊《过秦论》为称首。其名为过秦，始见于《新书》，太史引作《秦始皇本纪论赞》，本只一篇，后人分作三篇。首篇《过秦始皇》，次篇《过二世》，三篇《过子婴》。其实如此巨制无他妙巧，不外开合擒纵而已。纵之愈远，擒之愈见有力也。首篇首言秦之数世，种种强盛，次言六国之谋臣策士，合从并力而无如秦何。又次言秦盛，六国益复种种强盛，天下益无如之何矣。皆开也，纵也。而陈涉以匹夫亡之，然仅此一合一擒，未免过于简单。故又用且夫一段推开，将陈涉与六国层层比较，山之峰峦回抱，水之港汊溁洄矣。"

贾生之奏议，有《陈政事疏》，为汉人奏议中第一长篇文字，实为后世万言书之祖。其文亦最多排偶，今以文长不录。

《史记·司马相如列传》云："司马相如者，蜀郡成都人也，字长卿，少时好读书，学击剑，故其亲名之曰犬子。相如既学，慕蔺相如之为人，更名相如，以赀为郎，事孝景帝。为武骑常侍，非其好也。会景帝不好辞赋，是时梁孝王来朝，从游说之士，齐人邹阳、淮阴枚乘、吴庄忌夫子之徒，相如见而说之。因病免客游梁，梁孝王令与诸生同舍，相如得与诸生游士居数岁，乃著《子虚》之赋。"又云："蜀人杨得意为狗监侍上，上读《子虚赋》而善之，曰：朕独不得与斯人同时哉？得意曰：臣邑人司马相如自言为此赋。上惊，乃召问相如。相如曰：有是，然此乃诸侯之事，未足观也；请为天子游猎赋。赋成，奏之，上许令上书给笔札。相如以子虚，虚言也，为楚称；乌有先生者，乌有此事也，为齐难；无是公者，无是人也，明天子之义。故空借此三人为辞，以推天子诸侯之苑囿，其卒章归之节俭，因以风谏。奏之天子，天子大说。"是为汉赋第一篇富丽之作，实亦原本宋玉之《高唐》也。《一百三家集》有《司马文园集》一卷。相如既为辞赋大家，故擅长辞令，雍容娴雅，兹录其《谕巴蜀檄》如下：

谕巴蜀檄

  告巴蜀太守：蛮夷自擅不讨之日久矣，时侵犯边境，劳士大夫。陛下即位，存抚天下，辑安中国，然后兴师出兵，北征匈奴，单于怖骇，交臂受事，诎膝请和。康居西域，重译请朝，稽首来享。移师东指，闽越相诛；右吊番禺，太子入朝。南夷之君，西僰之长，常效贡职，不敢怠堕。延颈举踵，喁喁然皆争归义，欲为臣妾，道里辽远，山川阻深，不能自致。

  夫不顺者已诛，而为善者未赏，故遣中郎将往宾之，发巴蜀士民各五百人以奉币帛。卫使者不然，靡有兵革之事，战斗之患。今闻其乃发军兴制，惊惧子弟，忧患长老，郡又擅为转粟运输，皆非陛下之意也。当行者或亡逃自贼杀，亦非人臣之节也。

  夫边郡之士，闻烽举燧燔，皆摄弓而驰，荷兵而走，流汗相属，唯恐居后，触白刃，冒流矢，义不反顾，计不旋踵，人怀怒心，如报私雠。彼岂乐死恶生，非编列之民，而与巴蜀异主哉？计深虑远，急国家之难，而乐尽人臣之道也。故有剖符之封，析珪而爵，位为通侯，居列东第。终则遗显号于后世，传土地于子孙。行事甚忠敬，居位甚安佚，名声施于无穷，功烈著而不灭。是以贤人君子,肝脑涂中原,膏液润野草而不辞也。

今奉币役至南夷,即自贼杀,或亡逃抵诛,身死无名,谥为至愚,耻及父母,为天下笑。人之度量相越,岂不远哉!然此非独行者之罪也,父兄之教不先,子弟之率不谨,寡廉鲜耻而俗不长厚也。其被刑戮,不亦宜乎!

陛下患使者有司之若彼,悼不肖愚民之如此。故遣信使晓喻百姓,以发卒之事,因数之以不忠死亡之罪,让三老孝弟以不教诲之过。方今田时,重烦百姓,已亲见近县,恐远所溪谷山泽之民,不偏闻。檄到,亟下县道,使咸知陛下之意,唯毋忽也!

其文亦甚多排偶,贾生以气胜,长卿以韵胜也。《石遗室论文》云:"《史记·陆贾传》载贾说南越王赵佗说,司马相如本之以为《谕巴蜀檄》。檄之北征匈奴,单于怖骇,交臂受事,屈膝请和云云,即陆贾之鞭笞天下,劫略诸侯云云也。檄之摄弓而驰,荷戈而走,人怀怒心,如报私雠云云,即陆贾之将欲移兵云云也。檄之陛下患使者有司之若彼,悼不肖愚民之若此,即陆贾之天子怜百姓云云也。檄之发军兴制,惊惧子弟云云,即陆贾之以新造未成之越屈强于此云云也。檄之身死无名谥为至愚云云,即陆贾之掘烧先人冢夷灭宗族云云也。但陆说尤质直耳。"师说可谓深悉文章嬗变之迹。今录《史记·陆贾传》贾说南越王佗原文如下,俾得参照。

陆贾者楚人也，以客从高祖定天下，名为有口辩士，居左右。常使诸侯。及高祖时，中国初定，尉他平南越，因王之。高祖使陆贾赐尉他印，为南越王。陆生至，尉他魋结，箕倨见陆生。陆生因进说他曰："足下中国人，亲戚昆弟，坟墓在真定。今足下反天性，弃冠带，欲以区区之越，与天子抗衡为敌国，祸且及身矣。且夫秦失其政，诸侯豪杰并起，唯汉王先入关，据咸阳。项羽倍约，自立为西楚霸王，诸侯皆属，可谓至强。然汉王起巴蜀，鞭笞天下，劫略诸侯，诛项羽，灭之。五年之间，海内平定，此非人力，天之所建也。天子闻君王王南越，不助天下诛暴逆，将相欲移兵而诛王。天子怜百姓新劳苦，故且休之。遣臣授君王印，剖符通使，君王宜郊迎北面称臣。廼欲以新造未集之越，屈强于此。汉诚闻之，掘烧王先人冢，夷灭宗族，使一偏将将十万众临越，则越杀王降汉如反覆手耳。"于是尉他廼蹶然起坐谢陆生曰："居蛮夷中久，殊失礼义。"因问陆生曰："我孰与萧何、曹参、韩信贤？"陆生曰："王似贤。"复曰："我孰与皇帝贤？"陆生曰："皇帝起丰沛，讨暴秦，诛强楚，为天下兴利除害，继五帝三皇之业，统理中国。中国之人以亿计，地方万里，居天下之膏腴，人众车舆，万物殷富，政由一家，自天地剖泮，未始有也。今王众不过数十万，皆蛮夷崎岖山海间，譬若汉一郡王，何廼比于汉？"尉他大笑曰："吾不起中国，故王此，使我居中国，何渠不若汉？"廼大说陆生,留与饮数月,曰:"越中无足与语,至生来,令我日闻所不闻。"赐陆生橐中装直千金。他送亦千金,陆生卒拜尉他为越王,令称臣,奉汉约。归报,高祖大悦。

第三节　经世家之散文

汉人《书疏》,传于今者几尽为经世之学。就中文之尤工者为贾谊、晁错、赵充国、贾让、刘向之徒。贾文前已论及,刘文容后言之。今略论晁赵二家焉。

《汉书·晁错传》曰:"晁错,颍川人也,学申商刑名于轵张恢生所。错为人峭直刻深。考文时天下亡治《尚书》者,独闻齐有伏生,故秦博士,治《尚书》,年九十余,老不可征。乃诏太常使人受之。太常遣错受书伏生所。还因上书称说,诏以为太子舍人门大夫,迁博士,拜为太子家令,以其辩得幸太子,太子家号曰智囊,是时匈奴强盛,数寇边,上发兵以御之,错上言兵事。"兹录其文如下:

上言兵事书

臣闻汉兴以来,胡虏数入边境,小入则小利,大入则大利;高后持再入陇西,攻城屠邑,驱略畜产;其后复入陇西,杀吏卒,大寇盗。窃闻战胜之威,民气百倍;败兵之卒,没世不复。

自高后以来，陇西三困于匈奴矣，民气破伤，亡有胜意。今之陇西之吏，赖社稷之神灵，奉陛下之明诏，和辑士卒，底厉其节，起破伤之民，以当乘胜匈奴。用少击众，杀一王，败其众，而大有利。非陇西之民有勇怯，迺将吏之制巧拙异也。故兵法曰："有必胜之将，无必胜之民。"繇此观之，安边境，立功名，在于良将，不可不择也。

臣又闻用兵临战合刃之急者三：一曰得地形，二曰卒服习，三曰器用利。兵法曰：丈五之沟，渐车之水，山林积石，经川邱阜，草木所在，此步兵之地也，车骑二不当一。土山邱陵，曼衍相属，平原广野，此车骑之地也，步兵十不当一。平陵相远，川谷居间，仰高临下，此弓弩之地也，短兵百不当一。两陈相近，平地浅草，可前可后，此长戟之地也，剑楯三不当一。萑苇竹萧，草木蒙茏，支叶茂接，此矛鋋之地也，长戟二不当一。曲道相伏，险厄相薄，此剑楯之地也，弓弩三不当一。士不选练，卒不服习，起居不精，动静不集，趋利弗及，避难不毕，前击后解，与金鼓之音相失，此不习勒卒之过也，百不当十。兵不完利，与空手同；甲不坚密，与袒裼同；弩不可以及远，与短兵同；射不能中，与亡矢同；中不能入，与亡镞同：此将不省兵之祸也，五不当一。故兵法曰：器械不利，以其卒予敌也；卒不可用，以其将予敌也；将不知兵，以其主予敌也；君不择将，以其国予敌也。四者，兵之至要也。

臣又闻大小异形，强弱异势，险易异备。夫卑身以事强，小国之形也；合小以攻大，敌国之形也；以蛮夷攻蛮夷，中国之形也。今匈奴地形技艺与中国异。上下山阪，出入溪涧，中国之马弗与也；险道倾仄，且驰且射，中国之骑弗与也；风雨罢劳，饥渴不困，中国之人弗与也：此匈奴之长技也。若夫平原易地，轻车突骑，则匈奴之众易挠乱也；劲弩长戟，射疏及远，则匈奴之弓弗能格也；坚甲利刃，长短相杂，游弩往来，什五俱前，则匈奴之兵弗能当也；材官驺发，矢道同的，则匈奴之革笥木荐弗能支也；下马地斗，剑戟相接，去就相薄，则匈奴之足弗能给也：此中国之长技也。以此观之，匈奴之长技三，中国之长技五。陛下又兴数十万之众，以诛数万之匈奴，众寡之计以十击一之术也。

虽然兵凶器；战危事也。以大为小，以强为弱，在俯仰之间耳。夫以人之死争胜，跌而不振，则悔之无及也。帝王之道，出于万全。今降胡义渠蛮之属来归谊者其众数千，饮食长技与匈奴同，可赐之坚甲絮衣，劲弓利矢，益以边郡之良骑，令明将能知其习俗和辑其心者，以陛下之明约将之。即有险阻，以此当之；平地通道，则以轻车材官制之。两军相为表里，各用其长技，衡加之以众，此万全之术也。

传曰："狂夫之言，而明主择焉。"臣错愚陋昧死上狂言，惟陛下财择。

《石遗室论文》云:"景帝时晁错号智囊,平日于兵刑钱谷诸要务,大概无不简练揣摩。其所读必不出《孙吴兵法》《管子》《商君》诸书。故其《言兵事》一篇,文字与《孙子》第二编第六篇、第七篇、第九篇,商君之《算地》《战法》《兵守》《徕民》《境内》,各篇甚为相似。不但立说用意之有所本已也。凡人学问,于何等书用功最深,一旦下笔,不必字摹句仿,自有不觉相似之处,似在神理也。错尚有《募民徙塞下》《论守边备塞》二篇,亦多与《管子作内政寄军令》之言相近。"

又云,"其笔意与晁家令相近者,有赵充国。充国有《陈兵利害书》,不过寻常奏议体。其《屯田奏》三首,则皆斩钉截铁,无一躲闪语,无一支曼语;然亦时有约束照顾,使阅者易于明白,斯为本色文字"。其说甚是,今将赵充国《上屯田奏》第二编录后:

上屯田奏二

臣闻帝王之兵,以全取胜,是以贵谋而贱战。战而百胜,非善之善也。故先为不可胜,以待敌之可胜。蛮夷习俗,虽殊于礼义之国,然其欲避害就利,爱亲戚,畏死亡,一也。今虏亡其美地荐草,愁于寄托远遁,骨肉离心,人有畔志,而明主般师罢兵,万人留田。顺天时,因地利,以待可胜之虏。虽未即伏辜,兵决可期月而望,羌虏瓦解。前后降者万七百余人,及受言去者凡七十辈,此坐支解羌虏之具也。臣谨条不出兵留田便宜十二事。步兵九校，吏士万人，留屯以为武备，因田致谷，威德并行，一也。又因排折羌虏，命不得归肥饶之坠，贫破其众，以成羌虏相畔之渐，二也。居民得并田作，不失农业，三也。军马一月之食，度支田士一岁，罢骑兵以省大费，四也。至春省甲士卒，循河湟、漕谷至临羌，以际羌虏，杨威武，传世折冲之具，五也。以闲暇时，下所伐材，缮治邮亭，充入金城，六也。兵出乘危徼幸，不出令反畔之虏，窜于风寒之地，离霜露疾疫瘃堕之患，坐得必胜之道，七也。亡经阻远追死伤之害，八也。内不损威武之重，外不令虏得乘间之势，九也。又亡惊动河南大开小开，使生它之忧，十也。治湟狭中道桥，令可至鲜水，以制西域，信威千里，从枕席过师，十一也。大费既省，繇役豫息，以戒不虞，十二也。留屯田得十二便，出兵失十二利，臣充国材下，犬马齿衰，不识长册，惟明诏博详公卿议臣采择。

《汉书·赵充国传》云："赵充国字翁孙，陇西上邽人也，复徙金城令居，始为骑士，以六郡良家子善骑射，补羽林，为人沉勇有大略，少好将帅之节，通知四夷事。"翁孙之文，削除支叶，严洁峻劲，宋王荆公之《三经义序》，即从此出而稍变其体。

第四节　史学家之散文

　　两汉史学家以马班为钜子。《史记·太史公自序》云："谈为太史公。太史公学天官于唐都，受易于杨何，习道论于黄子。太史公仕于建元元封之间，愍学者之不达其意而师悖，乃论六家之要旨。太史公既掌天官，不治民，有子曰迁。迁生龙门，耕牧河山之阳，年十岁则诵古文，二十而南游江淮，上会稽，探禹穴，窥九疑，游于沅湘，北涉汶泗，讲业齐鲁之都，观孔子之遗风，乡射邹峄，厄困鄱薛彭城，过梁楚以归。于是迁仕为郎中，奉使西征巴蜀以南，南略邛筰昆明，还报命。是岁天子始建汉家之封，而太史公留滞周南，不得与从事，故发愤且卒；而子迁适使反，见父子河洛之间，太史公执迁手而泣曰：余先周室之太史也。自上世常显功名于虞夏，典天官事；后世中衰，绝于予乎？汝复为太史，则续吾祖矣。今天子接千岁之统，封泰山而予不得从行，是命也夫，命也夫！余死，汝必为太史；为太史，无忘吾所欲论著矣。且夫，孝始于事亲，中于事君，终于立身，扬名于后世，以显父母。此孝之大者。夫天下称颂周公，言其能论歌文武之德，宜周召之风，达太王王季之思虑，爰及公刘，以尊后稷也。幽厉之后，王道缺，礼乐衰。孔子修旧起废，论诗书，作《春秋》，则学者至今则之。自获麟以来四百余岁，而诸侯相兼，史记放绝。今汉兴，海内一统，明主贤君，忠臣死义之士，余为太史令，而弗论载，废天下之史文，余甚惧焉！汝其念哉！迁俯首流涕曰：小子不敏，请悉论先人所次旧闻弗敢阙。卒三岁，迁为太史令。七年而太史公遭李陵之祸，幽于缧绁，乃喟然而叹曰：是余之罪也。夫是余之恶也夫！身毁不用矣！退而深惟曰：夫诗书隐约者，欲遂其志之思也。昔西伯拘羑里，演《周易》；孔子厄陈蔡，作《春秋》；屈原放逐，著《离骚》；左丘失明，厥有《国语》；孙子膑脚，而论《兵法》；不韦迁蜀，世传《吕览》；韩非囚秦，《说难》《孤愤》；《诗》三百篇大概贤圣发愤之所为作也。此人皆意有所郁结，不得通其道也。故述往事，思来者。于是卒陶唐以来，至于麟止，自黄帝始。"

《后汉书·班彪传》云："班彪字叔皮，扶风安陵人也。彪性沉重好古，才高而好述作，遂专心史籍之间。武帝时，司马迁著《史记》，自太初以后，阙而不录，后好事者颇或缀集时事，然多鄙俗不足以踵继其书。彪乃继采前史遗事，傍贯异闻，作后传数十篇。"

又云："固字孟坚，年九岁能属文，诵诗赋；及长，遂博贯载籍；九流百家之言，无不穷究；所学无常师，不为章句，举大义而已；性宽和容众，不以才能高人，诸儒以此慕之。父彪卒，归乡里，固以彪所续前史未详，乃潜精研思，欲就其业；既而有人上书显宗，告固私改作国史者，有诏下郡，收固系京兆狱，尽取其家书，先是扶风人苏朗，伪言图谶事，下狱死。固弟超恐固为郡所覈考，不能自明，乃驰诣阙上书，得召见，具言固所著述意。而郡亦上其书，显宗甚奇之，召诸校书部，除兰台令史，与前睢阳令陈宗，长陵令尹敏，司隶从事孟异，共成《世祖本纪》。迁为郎，典校秘书，固又撰功臣平林新市公孙述事，作列传载记二十八篇奏之。帝乃复使终成前所著书。固以为汉绍尧运，以建帝业，至于六世史臣，乃追述功德，私作本纪，编于百王之末，厕于秦项之列，太初以后，阙而不录，故探撰前记缀集所闻，以为《汉书》。起元高祖，终于孝平王莽之诛，十有二世，二百三十年，综其行事，傍贯五经，上下洽通，为春秋考纪表志传，凡百篇。固自永平中，始受诏，潜精积思，二十余年，至建初中乃成。当世甚重其书，学者莫不讽诵焉。"

柱尝著《马班异同论》，以司马氏父子本《春秋》之义，发明通史之例；班氏父子，本《尚书》之义，发明断代史之例。其本纪纪大纲，列传为细目，后人合之为纲鉴编年体之史，于吾国史学实为最大贡献。大抵司马氏尚奇，班氏尚正；司马氏文体近散，班氏文体近骈。习骈文者必宗班，故《昭明文选》选班氏之文独多，选司马氏之文只一篇而已。学古文者宗司马氏，故古文家韩愈数汉代能文者屡称司马而不及班氏也。今各录其叙文一篇，以见异同。

史记游侠列传序

韩子曰："儒以文乱法，而侠以武犯禁。"二者皆讥，而学士多称于世云。至如以术取宰相卿大夫，辅翼其世主，功名俱著于春秋，固无可言者。及若季次、原宪，闾巷人也。读书怀独行君子之德，义不苟合当世，当世亦笑之。故季次、原宪，终身空室蓬户，褐衣疏食，不厌。死而已，四百余年而弟子志之不倦。今游侠，其行虽不轨于正义，然其言必信，其行必果，已诺必诚，不爱其躯，赴士之厄困，既已存亡死生矣，而不矜其能，羞伐其德，盖亦有足多者焉。

且缓急人之所时有也。太史公曰：昔者虞舜窘于井廪，伊尹负于鼎俎，傅说匿于傅险，吕尚困于棘津，夷吾桎梏，百里饭牛，仲尼畏匡，菜色陈、蔡。此皆学士所谓有道仁人也，犹然遭此灾，况以中材而涉乱世之末流乎？其遇害何可胜道哉！

鄙人有言曰："何知仁义，已飨其利者为有德。"故伯夷丑周，饿死首阳山，而文武不以其故贬王；跖、蹻暴戾，其徒诵义无穷。由此观之，"窃钩者诛，窃国者侯，侯之门仁义存"，非虚言也。

今拘学或抱咫尺之义，久孤于世，岂若卑论侪俗，与世沉浮，而取荣名哉！而布衣之徒，设取予然诺，千里诵义，为死不顾世，此亦有所长，非苟而已也。故士穷窘而得委命，此岂非人之所谓贤豪间者邪？诚使乡曲之侠，予季次、原宪，比权量力，效功于当世，不同日而论矣。要以功见言信，侠客之义，又曷可少哉！

古布衣之侠，靡得而闻已。近世延陵、孟尝、春申、平原、信陵之徒，皆因王者亲属，借于有土卿相之富厚，招天下贤者，显名诸侯，不可谓不贤者矣。此如顺风而呼，声非加疾，其势激也。至如闾巷之侠，修行砥名，声施于天下，莫不称贤，是为难耳。然儒、墨皆排摈不载。自秦以前，匹夫之侠，湮灭不见，余甚恨之。以余所闻，汉兴有朱家、田仲、王公、剧孟、郭解之徒，虽时捍当世之文罔，然其私义廉洁退让，有足称者。名不虚立，士不虚附。至如朋党宗强比周，设财役贫，豪暴侵凌孤弱，恣欲自快，游侠亦丑之。余悲世俗不察其意，而猥以朱家、郭解等，令与暴豪之徒同类而共笑之也。

汉书游侠列传叙

古者天子建国，诸侯立家，自卿、大夫以至于庶人，各有等差，是以民服事其上而下无觊觎。孔子曰："天下有道，政不在大夫。"百官有司，奉法承令，以修所职，失职有诛，侵官有罚。夫然故上下相顺，而庶事理焉。周室既微，礼乐征伐，自诸侯出。桓、文之后，大夫世权，陪臣执命。陵夷至于战国，合从连衡，力政争强。繇是列国公子，魏有信陵，赵有平原，齐有孟尝，楚有春申，皆借王公之势，竞为游侠，鸡鸣狗盗，无不宾礼。而赵相虞卿，弃国捐君，以周穷交魏齐之厄；信陵无忌，窃符矫命，戮将专师，以赴平原之急：皆以取重诸侯，显名天下，扼揿而游谈者以四豪为称首。于是背公死党之议成，守职奉上之义废矣。

及至汉兴，禁纲疏阔，未之匡改也。是故代相陈豨，从车千乘。而吴濞、淮南，皆招宾客以千数。外戚大臣魏其、武安之属，竞逐于京师，布衣游侠剧孟、郭解之徒，驰骛于闾阎，权行州城，力折公侯。众庶荣其名迹，觊而慕之。虽陷于刑辟，自与杀身成名，若季路、仇牧，死而不悔也。故曾子曰："上失其道，民散久矣。"非明王在上，视之以好恶，齐之以礼法，民曷繇知禁而反正乎！

古之正法：五伯三王之皋人也；而六国五伯之皋人也。夫四豪者又六国之皋人也。况于郭解之伦，以匹夫之细，窃杀生之权，其皋已不容于诛矣。观其温良泛爱，振穷周急，谦让不伐，亦皆有绝异之姿。惜乎不入于道德，苟放纵于末流，杀身亡宗，非不幸也。

自魏其、武安、淮南之后，天子切齿，卫、霍改节。然郡国豪桀，处处各有，京师亲戚，冠盖相望，亦古今常道，莫足言者。唯成帝时外家王氏，宾客为盛，而楼护为帅。及王莽时，诸公之间，陈遵为雄，闾里之侠，原涉为魁。

两家思想文派之不同如此。至叙事之文，虽各有不同，然孟坚生子长之后，亦未尝不步趋太史氏也。《石遗室论文》云："《汉书·李广传》后之《李陵传》，即欲继美太史公之《李广传》也。中叙陵苦战一大段，直逼《史记·淮阴侯传》《项羽本纪》。传末凄惋处，直兼伍子胥屠岸贾二事情景。"

又云："千古伤心人无如伍子胥，李陵。子胥犹得报仇泄愤，李陵则长此终古，非得班孟坚奇文传之，其事亦淹没不彰。惟于别苏武诗稍寄悲慨之一二而已。《文选》有《李陵答苏武书》，端系六朝人赝作，即全本《班书·李陵传》翻演成者，东坡嗤为齐梁小儿之言，不诬也，昭明选之，可谓无识矣。以中国有名人而降外国，李陵外有庾信哥舒翰其最著者也。然其冤惨皆不如陵。陵名家子，其将才可以大破匈奴，立功塞外，徒以自恃太过，一误（以不愿属贰师不得骑）再误（不听军吏言败后求道径还归），致身败家族，致足悲矣。孟坚《汉书》，原不必为陵特立佳传，然难得此好题目，可与史迁竞胜，又代史迁发一大牢骚，故为特附一传于《李广传》后。孟坚平日于史迁文字，自己烂熟胸中，如伍子胥之父兄被诛，仓皇亡命，百计复仇；赵氏之族灭于屠岸贾，程婴公孙杵臼，生死存孤：皆极人世伤心之故。但事情各异，只能得其嘻嘘悲恸神情。独有项籍，百战百胜，而垓下被围之后，以寡敌众终，至败亡。羽之力战至死，与陵之力战以至于降，情景极为相似。故陵以步兵五千人，敌单于八万余骑，犹羽麾下壮士骑从者仅八百余人，而骑将灌婴以五千骑追之也。陵麾下及成安侯校各八百人为前行，犹羽渡淮骑能属者仅百余人也。陵与韩延年俱上马，壮士从者十余人，虏骑数千追之；犹羽至东城乃有二十八骑，汉骑追者数千人也。陵便衣独步出营，犹项羽夜起饮帐中也。陵太息曰：兵败死矣，曰天明坐受缚矣；犹羽自度不得脱也。军使言将军威振匈奴，天命不遂；犹羽自言身七十余战，所当者破，所击者服，未尝败北，今卒困于此，此天之亡我也。军吏劝陵求道径还归，陵曰公止,吾不死,非壮士也,及无面目报陛下云云;犹乌江亭长劝羽渡江,羽曰天之亡我,我何渡为,且籍与江东子弟八千人渡江而西,今无一人还,纵江东父兄怜而王我,我何面目见之云云也。陵抵大泽葭苇中,犹羽至阴陵迷失道陷大泽中也。其尤似者力战之勇,孟坚叙陵以少击众曰击杀千人,曰斩首三千余级,曰复杀千人,曰复伤杀虏二千余人,皆陵五千人所手刃;犹史公叙羽曰,大呼驰下,汉军皆披靡,遂斩汉一将,曰复斩汉一都尉,杀数十百人,曰独籍所杀汉军数百人。羽令骑下马步行,持短兵接战;陵则徒斩车辐而持之,军吏持尺刃。羽谓其骑曰吾为公取彼一将;陵则止左右毋随我,大丈夫一取单于耳。羽有美人名虞,悲歌慷慨;陵则军中有女子,鼓声不起。其他管敢具告陵军无后救,射矢且尽,单于大喜;似韩信使人间视陈馀,知不用广武君策,信大喜。陵居谷中,虏在山上一段,似孙膑引庞涓入马陵道时。陵纵火自救,发连弩射单于,单于遮道攻陵,四面矢如雨下,疾呼曰,李陵韩延年趣降;庞涓追孙膑时亦言举火,言万弩夹道而伏,言万弩俱发,言斩树白而书之曰庞涓死于此树之下,又其不仅以《项羽本纪》者矣。"

又云:"班孟坚《王贡两龚鲍传》,首先历举古来自洁之士,次历举当时清名之士,以为王吉辈发端,传中插入郱汉郱曼容等,传末复旁及诸清名之士,此班书之规模《史记·孟荀列传》者。"

第五节　经学家之散文

汉自武帝崇尚儒术，通经之士日众，汉之能文者几于无不通经，今论其荦荦大者董仲舒刘向二人，以为代表焉。

《汉书·董仲舒传》，"董仲舒，广川人也。少治《春秋》。孝景时为博士。下帷讲诵，弟子传以久次相授业，或莫见其面，盖三年不窥田园，其勤如此。进退容止，非礼不行，学士皆师尊之，武帝即位，举贤良文学之士，前后百数，而仲舒对贤良策焉"。《一百三家集》有《董胶西集》一卷。

贤良策对一

制曰：朕获承至尊休德，传之亡穷，而施之罔极，任大而守重，是以夙夜不皇康宁，永惟万事之统，犹惧有阙，故广延四方之豪俊。郡国诸侯，公选贤良修洁博习之士，欲闻大道之要，至论之极。今子大夫褒然为举首，朕甚嘉之。子大夫其精心致思，朕垂听而问焉。盖闻五帝三王之道，改制作乐，而天下洽和，百王同之。当虞氏之乐，莫盛于韶，于周莫盛于勺。圣王已没，钟鼓管弦之声未衰，而大道微缺，陵夷至虖桀纣之行，王道大坏矣。夫五百年之间，守文之君，当涂之士，欲则先王之法，以戴翼其世者甚众，然犹不能反，日以仆灭，至后王而后止。岂其所持操或悖缪而失其统与。固天降命不可复反，必推之于大衰而后息与。呜虖,凡所为屑屑夙兴夜寐,务法上古者又将无补与。三代受命,其符安在？灾异之变,何缘而起？性命之情,或夭或寿,或仁或鄙,习闻其号,未烛厥理。伊欲风流而令行,刑轻而奸改,百姓和乐,政事宣昭何修何饬而膏露降,百谷登,德润四海,泽臻草木。三光全,寒暑平,受天之祜,享鬼神之灵,德泽洋溢,施虖方外延及群生。子大夫明先圣之业,习俗化之变,终始之序,讲闻高谊之日久矣。其明以谕朕,科别其条,勿猥勿并,取之于术,慎其所出,廼其不正不直,不忠不极,枉于执事,书之不泄,兴于朕躬,毋悼后害。子大夫其尽心,靡有所隐,朕将亲览焉。

仲舒对曰：陛下发德音,下明诏,求天命与情性,皆非愚臣之所能及也。臣谨案《春秋》之中,视前世已行之事,以亲天人相与之际,甚可畏也。国家将有失道之败,而天廼先出灾害,以谴告之；不知自省,又出怪异以警惧之；尚不知变,而伤败廼至。以此见天心之仁爱人君,而欲止其乱也。自非大亡道之世者,天尽欲扶持而全安之,事在强勉而已矣。强勉学问则闻见博而知益明,强勉行道则德日起而大有功,此皆可使还至而立有效者也。《诗》曰："夙夜匪解",《书》云："茂哉茂哉",皆强勉之谓也。道者所繇适于治之路也。仁义礼乐皆其具也。故圣王已没,而子孙长久,安宁数百岁,此皆礼乐教化之功也。王者未作乐之时,廼用先王之乐宜于世者。而以深入教化于民，教化之情不得，雅颂之乐不成，故王者功成作乐，乐其德也。乐者所以变民风化民俗也。其变民也易，其化人也著。故声发于和而本于情接于肌肤，臧于骨髓，故王道微缺，而管弦之声未衰也。夫虞氏之不为政久矣。然而乐颂遗风，犹有存者。是以孔子在乿，而闻韶也。夫人君莫不欲安存而恶危亡，然而政乱国危者甚众，所任者非其人，而所繇者非其道，是以政日以仆灭也。夫周道衰于幽厉，非道亡也，幽厉不繇也。至于宣王思昔先王之德，兴滞补币，明文武之功业，周道然复兴。诗人美之而作，上天祐之，为生贤佐，后世称诵，至今不绝。此夙夜不解行善之所致也。孔子曰：人能弘道，非道弘人也。故治乱废兴，在于己，非天降命不可得反。其所操持悖谬，失其统也。臣闻天之所大奉使之王者，必有非人力所能致，而自至者，此受命之符也。天下之人同心归之，若归父母，故天瑞应诚而至。书曰白鱼入于王舟，有火复于王屋，流为乌此盖受命之符也。周公曰"复哉复哉"，孔子曰"德不孤，必有邻"，皆积善絫德之效也。及至后世淫佚衰微，不能统理群生，诸侯背畔，残贼良民，以争壤土。废德教而任刑罚。刑罚不中，则生邪气，邪气积于下，怨恶畜于上，上下不和，则阴阳缪盭，而妖孽生矣。此灾异所缘而起也。臣闻命者天之令也，性者生之质也，情者人之欲也。或夭或寿，或仁或鄙，陶冶而成之，不能粹美，有治乱之所生，故不齐也。孔子曰：君子之德风也。

小人之德草也。草上之风必偃。故尧舜行德，则民仁寿；桀纣行暴则民鄙夭。夫上之化下，下之从上，犹泥之在钧，惟甄者之所为。犹金之在熔，惟冶者之所铸。绥之斯倈，动之斯和，此之谓也。臣谨案《春秋》之文，求王道之端，得之于正，正次王，王次春，春者天，之所为也。正者王之所为也，其意曰：上承天之所为，而下以正其所为正，王道之端云尔。然则王者欲有所为，宜求其端于天。天道之大者在阴阳。阳为德，阴为刑，刑主杀而德主生。是故阳常居大夏而以生育养长为事，阴常居大冬而积于空虚不用之处，以此见天之任德不任刑也。天使阳出布施于上而主岁功，使阴入伏于下而时出佐阳，阳不得阴之助亦不能独成岁终，阳以成岁为名，此天意也。王者承天意以从事，故任德教而不任刑。刑者不可任以治世，犹阴之不可任以成岁也。为政而任刑不顺于天，故先王莫之肯为也。今废先王德教之官，而独任执法之吏治民，毋廼任刑之意与。孔子曰："不教而诛谓之虐。"虐政用于下，而欲德教之被四海，故难成也。臣谨案《春秋》谓一元之意，一者万物之所从始也。元者辞之所谓大也。谓一为元者，视大始而欲正本也。春秋深探其本，而反自贵者始，故为人君者正心以正朝廷，正朝廷以正百官，正百官以正万民，正万民以正四方。四方正，远近莫敢不壹于正，而亡有邪气奸其间者。是以阴阳调而风雨时，群生和而万民殖，五谷熟而草木茂。天地之间被润泽而大丰美；

四海之内，闻盛德而皆徕臣。诸福之物，可致之祥，莫不毕至，而王道终矣。孔子曰："凤鸟不至，河不出图。"吾已矣夫，自悲可致此物而身卑贱不得致也。今陛下贵为天子，富有四海，居得致之位，操可致之势，又有能致之资，行高而恩厚，知明而意美，爱民而好士，可谓谊主矣。然而天地未应而美祥莫至者，何也？凡以教化不立，而万民不正也。夫万民之从利也如水之走下，不以教化堤防之不能止也。是故教化立而奸邪皆止者其堤防完也。教化废而奸邪并出，刑罚不能胜者，其堤防坏也。古之王者明于此，是故南面而治天下莫不以教化为大务，立太学以教于国，设庠序以化于邑，渐民以仁，摩民以谊，节民以礼，故其刑罚甚轻，而禁不犯者，教化行而习俗美也。圣王之继乱世也，扫除其迹，而悉去之。复修教化而崇起之，教化已明，习俗已成，子孙循之，行五六百岁尚未败也。至周之末世，大为亡道，以失天下。秦继其后，独不能改，又益甚之。重禁文学不得挟书，弃捐礼谊，而恶闻之，其心欲尽灭先圣之道而颛为自恣苟简之治，故立为天子，十四岁而国破亡矣。自古以来，未曾有以乱济乱大败天下之民，如秦者也。其遗毒余烈至今未灭，使习俗薄恶，人民嚚顽，抵冒殊扞，熟烂如此之甚者也。孔子曰：腐朽之木不可雕也，粪土之墙不可圬也。今汉继秦之后如朽木粪墙矣。虽欲善治之，亡可奈何，法出而奸生，令下而诈起，如以汤止沸，抱薪救火，愈甚亡益也。窃譬之琴瑟不调,甚者必解而更张之,廼可鼓也。为政而不行,甚者必变而更化之,廼可理也。当更张而不更张,虽有良工,不能善调也。当更化而不更化,虽有大贤不能善治也。故汉得天下以来,常欲善治而至今不可善治者,失之于当更化而不更化也。古人有言曰:临渊羡鱼,不如退而结网。今临政而愿治,七十余岁矣,不如退更化。更化则可善治,善治则灾害日去,福禄日来。诗云:"宜民宜人,受禄于天。"为政而宜于民者,固当受禄于天。夫仁义礼知信,五常之道,王者所当修饬也。五者修饬故受天之祐,而享鬼神之灵,德施于方外,延及群生也。

陈澧《东塾读书记》云:"董生之学,深邃者在《春秋》及阴阳之说,其大有功于世者,则班固所云切当世,施朝廷者也。班氏云:自武帝初立,魏其武安侯为相,而隆儒矣,及仲舒对策,推明孔氏,抑黜百家,立学校之言,州郡举茂材孝廉,皆仲舒发之。澧谓孔子孟子,不能行其道于天下,至董生乃能施之发之。"

《石遗室论文》云:"汉代文章,世称贾茂董醇。茂盛也,即树木枝叶畅茂之意,贾生之策论,根本盛大,枝叶扶疏,茂不难解也。董之醇在何处乎?均是此意此言,在他人言之透露,而董言之含蓄;他人言之激烈,而董言之委婉,不肯求其简捷。三策原以灾异作主,而第一篇开口曰以观天人相与之际,曰天尽欲扶持而安全之,曰事在强勉而已矣,曰可使还至而立有效者也,皆说得亲切近情。曰非道亡也,幽厉不繇也,曰非天降命不可得反其所操持悖谬失其统也，委婉中又说得郑重，视天难谌命靡常者较亲切矣。曰刑罚不中，则生邪气云云，曰天任德不任刑，曰阳不得阴之助云云，曰故先王不肯为也，皆颇有至理。曰四方正远近莫敢不一于正而亡有邪气奸其间者，则煞句颇峭，以其上正心以正朝廷各句已堂堂正正说之，此处正收太平，故反足一句；又足以阴阳调，风雨时，至王道终矣一段，以鼓舞修德之心，文气可谓厚矣；又反足以凤鸟不至，至不得致也数句，厚之至也。曰自古以来未尝有以乱济乱大败天下之民如秦者也，文气已足矣；又重之曰，其遗毒余烈，至今未灭，使习俗薄恶，人民嚚顽抵冒殊扞熟烂如此之甚者也，皆文气之厚处；又肯说多余话，而说来不讨厌，使人动听，如人君莫不欲安存而恶危亡云云是也。"

《汉书·楚元王传》云：向字子政，末名更生，年十二，以父德任为郎。既冠，以行修饰擢为谏大夫。《一百三家集》有《刘子政集》一卷。今录其《谏起昌陵疏》如下：

谏起昌陵疏

臣闻《易》曰"安不忘危，存不忘亡"，是以身安而国家可保也。故贤圣之君，博观终始，穷极事情，而是非分明。王者必通三统，明天命所授者博，非独一姓也。孔子论《诗》，至于"殷士肤敏，祼将于京"，喟然叹曰："大哉天命！善不可不传于子孙，是以富贵无常；不如是则王公其何以戒慎，民萌何以劝勉？"盖伤微子之事周，而痛殷之亡也。虽有尧舜之圣，不能化丹朱之子；虽有禹汤之德，不能训末孙之桀纣。自古及今，未有不亡之国也。昔高皇帝既灭秦，将都雒阳，感寤刘敬之言，自以德不及周，而贤于秦，遂徙都关中，依周之德，因秦之阻。世之长短以德为效，故常战栗，不敢讳亡。孔子所谓"富贵无常"盖谓此也。

孝文皇帝居霸陵，北临厕，意凄怆悲怀，顾谓群臣曰："嗟乎！以北山石为椁，用纻絮斮陈漆其间，岂可动哉！"张释之进曰："使其中有可欲，虽锢南山犹有隙；使其中无可欲，虽无石椁，又何戚焉？"夫死者无终极，而国家有废兴，故释之之言为无穷计也。孝文寤焉，遂薄葬不起山坟。

《易》曰："古之葬者厚衣之以薪，藏之中野，不封不树。后世圣人易之以棺椁。"棺椁之作，自黄帝始。黄帝葬于桥山，尧葬济阴，邱陇皆小，葬具甚微。舜葬苍梧，二妃不从。禹葬会稽，不改其列。殷汤无葬处。文、武、周公葬于毕，秦穆公葬于雍橐泉宫祈年馆下，樗里子葬于武库，皆无邱陇之处。此圣帝明王贤君智士远览独虑无穷之计也。其贤臣孝子，亦承命顺意而薄葬之，此诚奉安君父忠孝之至也。

夫周公武王弟也葬兄甚微。孔子葬母于防，称古墓而不坟，曰："丘东西南北之人也，不可不识也。"为四尺坟，遇雨而崩。弟子修之，以告孔子，孔子流涕曰："吾闻之古者不修墓。"

盖非之也。延陵季子适齐而反，其子死，葬于嬴、博之间，穿不及泉，敛以时服，封坟掩坎，其高可隐，而号曰："骨肉归复于土，命也，魂气则无不之也。"夫嬴、博去吴，千有余里，季子不归葬。孔子往观曰："延陵季子于礼合矣。"故仲尼孝子，而延陵慈父，舜禹忠臣，周公弟弟，其葬君亲骨肉皆微薄矣；非苟为俭，诚便于体也。宋桓司马为石椁，仲尼曰："不如速朽。"秦相吕不韦集知略之士，而造《春秋》，亦言薄葬之义，皆明于事情者也。

逮至吴王阖闾，违礼厚葬，十有余年，越人发之。及秦惠、文、武、昭、严襄五王，皆大作邱陇，多其瘗藏，咸尽发掘暴露，甚足悲也。秦始皇帝葬于骊山之阿，下锢三泉，上崇山坟，其高五十余丈，周回五里有余；石椁为游馆，人膏为灯烛，水银为江海，黄金为凫雁，珍宝之藏，机械之变，棺椁之丽，宫馆之盛，不可胜原。多杀宫人，生瘗工匠，计以万数。天下苦其役而反之，骊山之作未成，而周章百万之师至其下矣。项籍燔其宫室营宇，往者咸见发掘。其后牧儿亡羊，羊入其凿，牧者持火照求羊，失火烧其藏椁。自古及今，葬未有盛如始皇者也。数年之间，外被项籍之灾，内罹牧竖之祸，岂不哀哉！

是故德弥厚者葬弥薄，知愈深者葬愈微。无德寡知，其葬愈厚，邱陇弥高，宫庙甚丽，发掘必速。由是观之，明暗之效，葬之吉凶，昭然可见矣。周德既衰而奢侈，宣王贤而中兴，更为俭官室,小寝庙。诗人美之,《斯干》之诗是也,上章道官室之如制,下章言子孙之众多也。及鲁严公刻饰宗庙,多筑台囿,后嗣再绝,《春秋》束焉。周宣如彼而昌,鲁、秦如此而绝,是则奢俭之得失也。

陛下即位,躬亲节俭,始营初陵,其制约小,天下莫不称贤明。及徙昌陵,增埤为高,积土为山,发民坟墓,积以万数,营起邑居,期日迫卒,功费大万百余。死者恨于下,生者愁于上,怨气感动阴阳。因之以饥馑,物故流离,以十万数,臣甚愍焉。以死者为有知,发人之墓,其害多矣;若其无知,又安用大?谋之贤知则不说,以示众庶则苦之;若苟以说愚夫淫侈之人,又何为哉!陛下慈仁笃美甚厚,聪明疏达盖世,宜弘汉家之德,崇刘氏之美,光昭五帝、三王。而顾与暴秦乱君竞为奢侈,比方邱陇,说愚夫之目,隆一时之观,违贤知之心,亡万世之安,臣窃为陛下羞之。惟陛下上览明圣黄帝、尧、舜、禹、汤、文、武、周公、仲尼之制,下观贤知穆公、延陵、樗里、张释之之意。孝文皇帝去坟薄葬,以俭安神,可以为则;秦昭、始皇增山厚藏,以侈生害,足以为戒。初陵之橅,宜从公卿大臣之议,以息众庶。

《石遗室论文》云:"刘向《论起昌陵疏》,首段言自古无不亡之国,厚葬无益,可谓敢言,以一唱三叹,极有风神。其警语云:

王者必通三统,明天命所授者博,非独一姓也。又云:虽有尧舜之圣,不能化丹朱之子;虽有禹汤之德,不能训末孙之桀纣。自古及今,未有不亡之国也。次段历举古来薄葬之人,皆有特识,亦以淡宕之笔出之。其警语云:夫死者无终极,而国家有废兴,故释之之言(张释之对汉文帝曰,使其中有可欲,虽锢南山犹有隙;使其中无可欲,虽无石椁,又何戚焉)为无穷计也。又云:此圣帝明王贤君智士远览独虑无穷之计也。其贤臣孝子亦承命顺意而薄葬之,此诚奉安君父忠孝之至也。三段乃详言厚葬之害,以甚足悲也,岂不哀哉,分两次作煞笔,亦出以唱叹。末段始反复总以痛切之言,其警语云:是故德弥厚者葬弥薄,知愈深者葬愈微;无德寡知,其葬愈厚;邱陇弥高,宫庙甚丽,发掘必速。由是观之,明暗之效,葬之吉凶,昭然可见矣。又云:陛下始营初陵,其制约小,天下莫不称贤明。及徙昌陵,增埠为高,积土为山,发民坟墓,积以万数。以死者为有知,发人之墓,其害多矣;若其无知,又焉用大?谋之贤知则不说,以示众庶则苦之,若苟以说愚夫淫侈之人,又何为哉?子政文章,笔皆平实,此篇独多姿态。"

董、刘之文,其根据经术剖切深厚如此。柱尝谓汉之散文,可分四大派,一辞赋派,二经世派,三经术派,四史学派,其余可为附庸而已。辞赋派以司马相如、扬雄为宗,其后流而为骈文,后世古文家韩退之时或宗之;经世派以贾谊、晁错为魁,其流而为骈文者陆宣公为最,后世古文家三苏等宗之;经术派以董仲舒、刘向为首,而后世古文家李翱、曾巩、王安石辈宗之;史学家以司马迁、班固为祖，而后世古文家韩退之、欧阳修之徒，多宗司马氏。

此外公孙宏、匡衡亦以经术为文，若京房、翼奉、李寻等虽经学专家而散文非其所长矣，至于东汉无一不文以经术焉。

第六节　训诂派之散文

西汉经学家之于经也，大抵通大义，不事章句，如贾董、刘向、扬雄之徒皆是也。至东汉儒者，遂为之一变，事章句，工训诂，如郑兴、郑众、贾逵、马融、郑玄之徒是也。西汉儒者求通大义，故多工文；东汉儒者局促于训诂，故鲜能文者；惟马融之辞赋，最为富丽，足以上方扬班而已。今略论郑玄、许慎二家，以见一斑焉。

《后汉书·郑玄传》云："玄字康成，北海高密人也。少为乡啬夫，得休归，常诣学宫，不乐为吏，父数怒之，不能禁；遂造太学受业，师事京兆第五元。先始通《京氏易》《公羊春秋》《三统历》《九章算术》。又从东郡张恭祖受《周官》《礼记》《左氏春秋》《韩诗》《古文尚书》。以山东无足问者，乃西入关因涿郡卢植，师事扶风马融。融门徒四百余人，升堂进者五十余生。融素骄贵，玄在门下，三年不得见，乃使高业弟子传授于玄。玄日夜寻诵，未尝怠倦，会融集诸生考论图纬，闻玄善算，乃召见于楼上。玄因从质诸疑义，问毕辞归，融喟然谓门人曰：郑生今去，吾道东矣。玄自游学十余年乃归乡里。家贫，客耕东莱，学徒相随已数百千人。及党事起，乃与同郡孙嵩等四十余人俱被禁锢，遂隐修经业，杜门不出。时任城何休好《公羊》学，遂著《公羊墨守》《左氏膏肓》《穀梁废疾》。玄乃发墨守，针膏肓，起废疾。休见而叹曰：康成入吾室操吾矛以伐我乎？初中兴之后，范升、陈元、李育、贾逵之徒，争论古今学，后马融答北地太守刘瓌，及玄答何休，义据通深，由是古学遂明。"今录其《戒子书》如下：

戒子益恩

吾家旧贫，不为父母昆弟所容，去厮役之吏，游学周秦之都，往来幽并兖豫之域，获觐乎在位通人，处逸大儒，得意者咸从捧手。有所授焉，遂博稽六艺，粗览传记，时睹秘书纬术之奥。年过四十，乃归供养，假田播殖，以娱朝夕。遇阉尹擅势，坐党禁锢，十有四年，而蒙赦令。举贤良方正有道，辟大将军三司府，公车再召，比牒并名，早为宰相。惟彼数公，懿德大雅，克堪王臣，故宜式序。吾自忖度，无任于此，但念述先圣之元意，思整百家之不齐，亦庶几以竭吾才。故闻命罔从，而黄巾为害，萍浮南北，复归邦乡。入此岁来，已七十矣，宿业衰落，仍有失误。案之礼典，便合传家。今我告尔以老，归尔以事，将闲居以安性，覃思以终业；自非拜国君之命，问族亲之忧，展敬坟墓，观省野物，胡尝扶杖出门乎！家事大小，汝一承之。咨尔茕茕一夫，曾无同生相依。其勖求君子之道，研钻勿替，敬慎威仪，以近有德。显誉成于僚友，德行立于己志。若致声称，亦有荣于所生，可不深念邪？可不深念邪？吾虽无斅冕之绪，颇有让爵之高，自乐以论赞之功，庶不遗后人之羞。未所愤愤者，徒以亡亲坟垄未成。所好群书，率皆腐敝，不得于礼堂写定，传与其人。日西方暮，其可图乎。家今差多于昔，勤力务时，无恤饥寒，菲饮食，薄衣服，节夫二者。尚令吾寡憾，若忽忘不识。亦已焉哉！

《后汉书·儒林传》云："许慎字叔重，汝南召陵人也。性淳笃，少博学经籍，马融常推敬之。时人为之语曰：五经无双许叔重。为郡功曹，举孝廉，再迁除洨长，卒于家。初慎以五经传说臧否不同，于是撰为《五经异义》，又作《说文解字》十四篇，皆传于世。"今录其《说文解字叙》于后：

说文解字叙

叙曰：古者庖牺氏之王天下也，仰则观众于天，俯则观法于地，视鸟兽之文，与地之宜，近取诸身，远取诸物，于是始作《易》八卦，以垂宪象。及神农氏结绳为治，而统其事。庶业其繁，饰伪萌生，黄帝之史仓颉见鸟兽蹄远之迹，知分理之可相别异也，初造书契。百工以乂，万品以察，盖取诸夬，夬扬于王庭。言文者宣教明化于王者朝廷，君子所以施禄及下，居德明忌也。仓颉之初作书，盖依类象形，故谓之文。其后形声相益,即谓之字。文者物象之本,字者言孳乳而寖多也。箸于竹帛,请之书,书者如也。以迄五帝三王之世,改易殊体,封于泰山者七十有二代,靡有同焉。

周礼八岁入小学,保氏教国子,先以六书:一曰指事,指事者视而可识,察而见意,二一是也。二曰象形,象形者画成其物,随体诘诎,日月是也。三曰形声,形声者以事为名,取譬相成,江河是也。四曰会意,会意者比类合谊,以见指㧑,武信是也。五曰转注,转注者建类一首,同意相受,考老是也。六曰假借。假借者本无其字,依声托事,令长是也。

及宣王大史籀著《大篆》十五篇,与古文或异。至孔子书六经,左丘明述春秋传,皆以古文,厥意可得而说。其后诸侯力政,不统于王,恶礼乐之害己,而皆去其典籍。分为七国,田畴异亩,车涂异轨,律令异法,衣冠异制,言语异声,文字异形。

秦始皇帝初兼天下,丞相李斯乃奏同之,罢其不与秦文合者。斯作《仓颉篇》中车府令赵高作《爰历篇》,大史令胡母敬作《博学篇》,皆取史籀《大篆》,或颇省改,所谓小篆者也。是时秦烧经书,涤除旧典,大发吏卒兴戍役,官狱职务繁。初有隶书,以趣约易,而古文由此绝矣。

自尔秦书有八体:一曰大篆,二曰小篆,三曰刻符,四曰虫书,五曰摹印,六曰署书,七曰殳书,八曰隶书,汉兴有草书。尉律学僮十七已上,始试,讽籀书九千字,乃得为史。又以八体试之，郡移大史并课，最者以为尚书史。书或不正，辄举劾之。今虽有尉律，不课，小学不修，莫达其说久矣。

孝宣皇帝时，召通仓颉读者张敞从受之。凉州刺史杜业，沛人爰礼，讲学大夫秦近，亦能言之。孝平皇帝时，徵礼等百余人，令说文字未央廷中，以礼为小学元士，黄门侍郎扬雄采以作《训纂篇》。凡《仓颉》已下十四篇，凡五千三百四十字，群书所载，略存之矣。

及亡新居摄，使大司空甄丰等校文书之部，自以为应制作。颇改定古文。时有六书：一曰古文，孔子壁中书也。二曰奇字，即古文而异者也。三曰篆书，即小篆。四曰左书，即秦隶书。秦始皇帝使下杜人程邈所作也。五曰缪篆，所以摹印也。六曰鸟虫书，所以书幡信也。壁中书者，鲁恭王坏孔子宅而得《礼记》《尚书》《春秋》《论语》《孝经》。又北平侯张苍献《春秋左氏传》。郡国亦往往于山川得鼎彝，其铭即前代之古文，皆自相似。虽叵复见远流，其详可得略说也。

而世人大共非訾，以为好奇者也，故诡更正文，乡壁虚造不可知之书，变乱常行，以耀于世。诸生竞逐说字解经谊，称秦之隶书为仓颉时书，云父子相传，何得改易。乃猥曰："马头人为长，人持十为斗，虫者，屈中也。"廷尉说律，至以字断法。苛人受钱，苛之字止句也。若此者甚众，皆不合孔氏古文，谬于史籀。俗儒啚夫，玩其所习，蔽所希闻，不见通学，未尝睹字例之条，怪旧艺而善野言，以其所知为秘妙。究洞圣人之微恉。又见《仓颉篇》中"幼子承诏",因曰:古帝之所作也,其辞有神仙之术焉。其迷误不谕,岂不悖哉!

《书》曰:"予欲观古人之象。"言必遵修旧文而不穿凿。孔子曰:"吾犹及史之阙文,今亡矣夫!盖非其不知而不问。人用己私,是非无正,巧说邪辞,使天下学者疑。盖文字者经艺之本、王政之始,前人所以垂后,后人所以识古。故曰:本立而道生,知天下之至啧而不可乱也。"

今叙篆文,合以古籀,博采通人,至于小大,信而有证。稽撰其说,将以理群类,解谬误,晓学者,达神恉。分别部居,不相杂厕也。万物咸睹,靡不兼载,厥谊不昭,爰明以谕。其称《易》孟氏;《书》孔氏;《诗》毛氏;《礼》周官;《春秋》左氏;《论语》《孝经》,皆古文也。其于所不知,盖阙如也。

康成之文,信笔而书,甚不费力,近于自然派之散文,为后来陶渊明一派所宗。叔重之文,镂心镌肾,颇近骈文。东汉训诂家之散文,以二子为最杰出矣。

第七节　碑文家之散文

两汉金石家之文,多不著撰者姓名,盖古例也。然其文极浑厚朴茂,唐韩愈碑文,最为后世称颂,而不知多本于汉碑也。汉金文如《盘铭》等多属韵文,今不录。惟碑则有铭有叙,铭虽韵文,而叙文则散文也。故今略录一二，以见其为周秦金石文之流变焉。

汉碑用字固多俗体，以其为隶变也。然时亦多存古字，且缘殷周钟鼎文字之例，多用通假字，故读汉碑不特可见文体之流变，且可以见字体之流变焉。

国三老袁君碑

君讳良，字厚卿，陈国扶乐人也。厥先舜苗，世为封君。周之兴，虞阏父典陶正，嗣满为陈侯，至玄孙涛涂，初氏父字，立姓曰袁。鲁僖公四年为大夫，哀十一年，颇为司徒，其末或适齐楚，而袁生□独留陈，当秦之乱，隐居河洛，高祖破项，实从其策，天下既定，还宅扶乐。孝武征和三年，生曾孙幹，斩贼公先勇，拜黄门郎，封关内侯，食遗乡六百户，后锡金紫，仙修城之鄡。幹薨，子经嗣，经薨，子山嗣，传国三世，至王莽而绝。君即山之曾孙，缵神明之洪族，资天德之清则，惇综易诗，而悦礼乐。举孝廉、郎中、谒者、将作大匠、丞相令、广陵太守，讨江贼张路等，咸震徐方。谢病归家，孝顺初政，咨□□白，三府举君，征拜议郎、符节令。时元子光博平令，中子腾尚书郎，少子璋谒者，诏书□□可父事，群司以君父子俱列三台。夫人结发，上为三老，使者持节安车，亲□几杖之尊，袒割之养，君实飨之。后拜梁相，帝御九龙殿，引君对觐，与饭酒，赐饮宴，册曰：顷者连遇运害，灾条备至，阴阳不和，寒暑不节。昔孔子制义，承奉则有兴盛之福，慢期即致来咎之变。朕以妙身，袭裘继业，二九之戒，今直其际，图记占□，慎在藩国。自先帝至德，犹有七国之谋，盖治世者不讳其难。朕追矗社稷之重，恐有交会诸国王侯，开导以骄满之渐，令奸邪因缘生慝，相以显选，简练内升，昔掌符竟，惠抚我民。故连拔授，不问勋次，典郡职重，亲执经纬，隐栝在手。往者王尊发纵于平阳，清约藩辅，其节衎然，忠臣之义，有献善去否，其加精微，测切防绝。朕疚心以戒，今特赐钱十万，杂缯三十四，玉具剑佩，书刀，绣文印衣，无极手巾，各一。往悉乃心，勉崇协同，便宜数上。君子曰：优贤之宠，于斯盛矣。宰县治郡，无民不思。载八十五，以病致仕，永建六年二月戊辰卒。居罔室庐，殡子假馆。昔行父平仲，小国之卿，其俭犹称，况汉大夫。父子同升，而无环堵，不遭丘明实录之时，使前喆孤名，而君独立。于是厥孙卫尉滂，司徒掾弘图，遹刊石作铭。其辞曰：飞清邈，纷其厉，跨高山，铺云际，作帝父，振堃秽，登华龙，眺天空，酌不挥，凯以迈，民被泽，邦畿乂，才本德，曜其碣，国煌煌，数万世。

郎中郑君碑

君讳固，字伯坚，著君元子也。含中和之淑质，履上仁之清操，孝友著乎闺门，至行立乎乡党。初受业于欧阳，遂穷究于典籍,膺游夏之文学,襄冉季之政事。弱冠,仕郡吏,诸曹掾史,主簿,督邮,五官掾,功曹。入则腹心,出则爪牙,忠以卫上,清以自修,犯颜謇愕,造膝危辞,加以好成方类,推贤达善,逡遁退让,当世以此服之。群后珍玮,以为储举,先屈计掾,奉我方贡。清眇冠乎群彦,德能简乎圣心。延熹元年二月十九日,诏拜郎中,非其好也,以疾锢辞。未满期限,从其本规,乃遘凶愍。年廿二,其四月廿四日,遭命陨身,痛如之何!先是君大男孟子,有杨乌之才,善性形于岐嶷,□□见于垂髫,年七岁而夭,大君夫人所共哀也。故建兆共坟,配食斯坛,以慰考妣之心。琦瑶延以为至德不纪,则钟鼎奚铭。昔姬囧國武,弟述其兄,综极徽猷行于篾陋,独曷敢忘,乃刊石以旌遗芳。其辞曰:于惟郎中,实天生德,颐亲诲弟,虔恭竭力。教我义方,导我礼则,传宣孔业,作世幕则,从政事上,忠以自勖。贡计王庭,华夏归服,帝用嘉之,显拜殊特,将从雅意,色斯自得,乃遭氛灾,陨命颠沛,家失所怙,国亡忠直,俯哭谁诉,卬嘘焉告。嗟嗟孟子,苗而弗毓,奉我元兄,修孝周极,魂而有灵,亦歆斯勒。

吾尝谓金石文实可谓为纯粹之美术文,金石字亦可谓纯粹之美术字,盖欲借此以寿世者也。西汉以前之金石文多不著姓名,多不见于各家之专集,以当时尚无集也。故今于周秦与两汉之金石文特为专章以论之。

吴闿生云:"文章之事,以金石刻为最重,其体亦最难。自退之韩氏外,殆莫有能为之者。柳州犹不失法度。至欧公而后,则尽篾古初,率意自为,名为志铭,笔势与他文无异。三苏不喜为碑刻,世亦知其不工。于是独欧公碑铭至多,而尤擅大名。吾尝谓欧公所为碑文,皆论序传状类耳,实于金石体裁无与。夫文各有体要,今序书传而用箴颂,作章奏而仿歌诗,可乎?欧公铭志之文,何以异是。呜乎,法之不明也久矣。儿时读韩文,喜其惊创瑰奇,以为退之伟才,故独辟蹊径如是,后来者所当步趋,而莫外也。及睹《蔡中郎集》,乃知碑刻之体,创自中郎;退之特踵其法为之,未尝立异,顾其才高,遂乃出奇无穷耳。后得洪文惠所辑《汉碑刻》,益诧为平生所未见,反复研诵,弥月不能去手。乃知汉人碑颂,其高文至多,崇闳俊伟,非中郎一家所能概,而退之不能出其范围。中郎虽负盛名,亦因当时风气而为之,非其特创者,而金石之文固而导源于此也。盖三代以上,铭功德于彝鼎,其词尚简,今存者虽多而不尽可识;石刻之文,惟岐阳之鼓,后世亦未能尽解,顾其体可意而知也。秦皇崛起,褒功立石,皆丞相斯为之,原本雅颂,一变而为金石之体,法律森严,足以范围百世;后儒或以为破除诗书,自我作古者非也。事未有无法而可以自立者,彼李斯宁独异哉?继斯而作者则孟坚《燕然山铭》,皆轩天拔地,壁立万仞;岂独二子才雄,抑金石之作,其道固若是也。碑铭如于东汉,作者不尽知其何人,要皆遵循成轨,制作玮异其气其辞,与三代彝鼎石鼓秦皇刻石朌鼉相通，无支离隔绝之诮，所存今不可多见，见者莫不光气炯然，皆天地之鸿宝也。论者不察，辄病东汉靡弱，谓其气薾然而尽，是岂可谓知言乎？曹氏代汉，相去未几，所为大飨受禅诸碑，皆当时朝庙钜典，而气既剽轻，词亦窳陋，良由操丕否德，亦篡逆之朝，执笔者固无弘毅之士也。自是以降，六朝碑志，陈陈相因，一流于骈俪浮冗，无可观览；至退之而后起衰振懦，夐绝前载，而规橅意度，则一秉东汉之遗，可覆按也。今学者皆知韩文之奇，而于汉代诸碑熟视若无睹焉；譬如敬人之子孙，而忘其父祖可乎？"

第三章　为文学而文学时代之散文　汉魏之际

第一节　总论

　　《文心雕龙·时序篇》云："自哀平陵替，光武中兴，深怀图谶，颇略文华。然杜笃献诔以免刑，班彪参奏以补令，虽非旁求，亦不遐弃。及明帝叠耀，崇爱儒术，肆礼璧堂，讲文虎观，孟坚珥笔于国史，贾逵给札于瑞颂，东平擅其懿文，沛王振其通论，帝则藩仪，辉光相照矣。自安和巳下，迄至顺桓，则有班傅三崔，王马张蔡，磊落鸿儒，才不时乏，而文章之选，存而不论。然中兴之后，群才稍改前辙，华实所附，斟酌经辞；盖历政讲聚，故渐靡儒风者也。

降及灵帝，时好辞制，造羲皇之书，开鸿都之赋；而乐松之徒，拓集浅陋；故扬赐号为驩兜，蔡邕比之俳优，其余风遗文，盖蔑如也。自献帝播迁，文学蓬转；建安之末，区宇方辑；魏武以相王之尊，雅爱诗章；文帝以副君之重，妙善辞赋；陈思以公子之豪，下笔琳琅；并体貌英逸，故俊才云蒸。仲宣委质于汉南，孔璋归命于河北，伟长从官于青土，公幹徇质于海隅，德琏综其斐然之思，元瑜展其翩翩之乐，文蔚休伯之俦，于叔德祖之侣，傲雅觞豆之前，雍容衽席之上，洒笔以成酣歌，和墨以藉谈笑。观其时文，雅好慷慨，良由世积乱离，风衰俗怨，并志深而笔长，故梗概而多气也。至明帝纂戎，制诗度曲，征篇章之士，置崇文之观，何刘群才，迭相照耀。少主相仍，唯高贵英雅，顾盼合章，动言成论。于时正始余风，篇体轻澹，而嵇阮应缪，并驰文路矣。"刘师培谓此篇述东汉三国文学变迁，至为明晰，诚学者所宜参考也。

刘师培云："东汉之文，均尚和缓，其奋笔直书，以气运词，实自祢衡始。《鹦鹉赋序》谓衡因为赋，笔不停缀，文不加点，知他文亦然。是以汉魏文士，多尚骋辞，或慷慨高厉，或溢气坌涌，（孔融《荐祢衡疏》语）此皆衡文开之先也。"（孔融引重衡文即以此启。故融之所作多范伯喈，惟荐衡表则效衡体与他篇文气不同。）刘说固是。然亦本于《文心雕龙》。《神思篇》云："相如含笔而腐豪，扬雄辍翰而惊梦，桓谭疾感于苦思，王充气竭于思虑，张衡研京以十年，左思练都以一纪，虽有巨制，亦思之缓也。淮南崇朝而赋骚，枚皋应召而成赋，子建援牍如口诵，仲宣举笔似宿构，阮瑀据鞍而制书，祢衡当食而草奏，虽有短篇，亦思之速也。"彦和所举捷速诸人，多属建安者，可见西汉迟缓之文，至汉末而一变矣。

又云："建安文学，革易前型，迁蜕之由，可得而说。两汉之世，户习七经，虽及子家，必缘经术。魏武治国，颇杂刑名，文体因之，渐趋清峻，一也；建武以还，士民秉礼，迨及建安，渐尚通侻，侻则佻陈哀乐，通则渐藻玄思，二也；献帝之初，诸方棋峙，乘时之士，颇慕纵横，骋词之风，肇专于此，三也；又汉之灵帝，颇好俳词，（见杨赐蔡邕等《传》）下习其风，益尚华靡，虽迄魏初，其风未革，四也。"

又云："《文心雕龙》诸书，或以魏代文学，与汉不异，不知文学变迁，因自然之势，魏文与汉不同者盖有四焉。书檄之文，骋词以张势，一也；论说之文，渐事校练名理，二也；奏疏之文，质直而屏华，三也；诗赋之文，益事华靡，多慷慨之音，四也。凡此四者，概与建安以前有异，此则研究者所当知也。"（《中古文学史》）刘氏此论最精。盖文章之体，各有所宜，至此时而辨别始严。魏文帝《典论》文云："夫文本同而末异，盖奏议宜雅，书论宜理，铭诔尚实，诗赋欲丽，此四科不同，故能之者偏也。"

两汉之世，专欲为文人者惟辞赋家耳，若著散文者则以奏疏为最工，此则以政教为本，而非专欲为文者也。故两汉之世，尚未至于为文学而文学时代。迄乎曹魏，则文学之风始大盛，故论文之篇，子桓子建，均有佳制，非崇尚文学，曷克臻此？以是之故，诗赋之外，宜文宜质，亦极有体裁矣。

第二节　三曹之散文

　　沈约《宋书·谢灵运传》云："三祖陈王，咸蓄盛藻，甫乃以情纬文，以文被质。"三祖者武帝操，文帝丕，明帝叡也。陈王者，陈思王植也。四人之中，以操丕及植为优。

　　曹操　字孟德，沛国谯人，举孝廉为郎，黄巾起拜骑都尉，历官至丞相，由魏国公晋封王，谥曰武，子丕受汉禅禅，尊为太祖武皇帝。《魏志》曰："汉末天下大乱，豪雄并起，而袁绍虎视四州，强盛莫敌。太祖运筹演谋，鞭挞宇内，擎申商之法术，该韩白之奇策，官方授材，各因其器，矫情任算，不念旧恶，总御皇机，克成洪业者，惟其明略最优也，抑可谓非常之人，超世之士矣。"申商韩白二语，可以见魏武之学术，即可以见魏武之文章，亦足以观汉魏之际之文风矣。魏武之四言诗，既笼罩一切，于三百篇外独树一帜，非汉人步趋三百篇者所能及；其散文亦雄伟悲壮，虎步百代。《一百三家集》有《魏武帝集》一卷。

让县自明本志令

　　孤始举孝廉，年少，自以本非岩穴知名之士，恐为海内人之所见凡愚，欲为一郡守，好作政教，以建立名誉，使世士明知之。故在济南始除残去秽，平心选举，违迕诸常侍。以为强豪所忿，恐致家祸，故以病还。

— 055 —

去官之后，年纪尚少，顾视同岁中，年有五十，未名为老。内自图之，从此却去二十年，待天下清，乃与同岁中始举者等耳。故以四时归乡里，于谯东五十里，筑精舍，欲秋夏读书，冬春射猎，求底下之地，欲以泥水自蔽，绝宾客往来之望。然不能得如意。

后征为都尉，迁典军校尉，意遂更欲为国家讨贼立功，欲望封侯。作征西将军，然后题墓道，言"汉故征西将军曹侯之墓"，此其志也。而遭值董卓之难，兴举义兵，是时合兵，能多得耳。然常自损，不欲多之；所以然者，多兵意盛，与强敌争，倘更为祸始。故汴水之战数千，后还到扬州更募，亦复不过三千人，此其本志有限也。

后领兖州，破降黄巾三十万众。又袁术僭号于九江，下皆称臣，名门曰建号门，衣被皆为天子之制，两妇预争为皇后。志计已定，人有劝术使遂即帝位，露布天下，答言"曹公尚在，未可也"。后孤讨擒其四将，获其人众，遂使术穷亡解沮，发病而死。及至袁绍据河北，兵势强盛，孤自度势，实不敌之；但计投死为国，以义灭身，足垂于后。幸而破绍，枭其二子。又刘表自以为宗室，包藏奸心，乍前乍却，以观世事，据有荆州，孤复定之，遂平天下。身为宰相，人臣之贵以极，意望已过矣。

今孤言此，若为自大，欲人言尽，故无讳耳。设使国家无有孤，不知当几人称帝，几人称王！或者人见孤强盛，又性不信天命之事，恐私心相评，言有不逊之志，妄相忖度，每用耿耿。齐桓、晋文，所以垂称至今日者，以其兵势广大，犹能奉事周室也。《论语》云："三分天下有其二，以服事殷，周之德，可谓至德矣。"夫能以大事小也。昔乐毅走赵，赵王欲与之图燕，乐毅伏而垂泣，对曰："臣事昭王，犹事大王；臣若获戾，放在他国，没世然后已，不忍谋赵之徒隶，况燕后嗣乎！"胡亥之杀蒙恬也，恬曰："自吾先人及至子孙，积信于秦三世矣。今臣将兵三十余万，其势足以背叛，然自知必死而守义者，不敢辱先人之教，以忘先王。"孤每读此二人书，未尝不怆然流涕也。孤祖父以至孤身，皆当亲重之任，可谓见信者矣，以及子桓兄弟，过于三世矣。

孤非徒对君说此也，常以语妻妾，皆令深知此意。孤谓之言："顾我万年之后，汝曹皆当出嫁，欲令传道我心，使他人皆知之。"孤此言皆肝鬲之要也。所以勤勤恳恳，叙心腹者，见周公有《金縢》之书以自明，恐人不信之。故然，欲孤便尔委捐所典兵众，以还执事，归就武平侯国，实不可也。何者？诚恐己离兵为人所祸也。既为子孙计，又已败则国家倾危，是以不得慕虚名而处实祸，此所不得为也。前朝思封三子为侯，固辞不受，今更欲受之，非欲复以为荣，欲以为外援，为万安计。

孤闻介推之避晋封，申胥之逃楚赏，未尝不舍书而叹，有以自省也。奉国威灵，仗钺征伐，推弱以克强，处小而禽大。

意之所图，动无违事，心之所虑，何向不济？遂荡平天下，不辱主命。可谓天助汉室，非人力也。然封兼四县，食户三万，何德堪之！江湖未静，不可让位；至于邑土，可得而辞。今上还阳夏、柘、苦三县户二万，但食武平万户，且以分损谤议，少减孤之责也。

曹丕　字子桓，武帝太子，仕汉为五官中郎将，操殁，嗣为丞相，魏王受汉禅，改元黄初，薨谥曰文。《魏志》云："帝好文学，以著述为务，自所勒成垂百篇。又传诸儒撰集经传，随类相从，凡千余篇，号曰《皇览》。"又曰："文帝天资文藻，下笔成章，博闻强识，才艺兼该。"《一百三家集》有魏文帝集一卷。

自叙

初平之元，董卓杀主鸩后，荡覆王室。是时四海既困中平之政，兼恶卓之凶逆，家家思乱，人人自危。山东牧守，咸以春秋之义，卫人讨州吁于濮，言人人皆得讨贼。于是大兴义兵，名豪大侠，富室强族，飘扬云会，万里相赴。兖豫之师，战于荥阳，河内之甲，军于孟津。卓遂迁大驾，西都长安，而山东大者连郡国，中者婴城邑，小者聚阡陌，以还相吞并。会黄巾盛于海岳，山寇暴于并冀，乘胜转攻，席卷而南。乡邑望烟而奔，城郭睹尘而溃，百姓死亡，暴骨如莽。余时年五岁，上以四方扰乱，教余学射，六岁而知射，又教余骑马，八岁而能骑射矣。以时之多难，故每征，余常从。建安初，上南征荆州，至宛，张绣降，旬日而反，亡兄孝廉子修从兄安民遇害。时余年十岁，乘马得脱。夫文武之道，各随时而用，生于中平之季，长于戎旅之间，是以少好弓马，于今不衰。逐禽辄十里，驰射常百步，日多体健，心每不厌。建安十年，始定冀州，濊貊贡良弓，燕代献名马。时岁之暮春，句芒司节，和风扇物，弓燥手柔，草浅兽肥，与族兄子丹猎于邺西终日，手获獐鹿九，雉兔三十。后军南征，次曲蠡，尚书令荀彧奉使犒军，见余谈论之末，或言闻君善左右射，此实难能。余言执事未睹夫项发口纵，俯马蹄而仰月支也。或喜，笑曰：乃尔。余曰：埒有常径，的有常所。虽每发辄中，非至妙也。若夫驰平原，赴丰草，要狡兽，截轻禽，使弓不虚弯，所中必洞，斯则妙矣。时军祭酒张京在坐，顾彧拊手曰善。余又学击剑，阅师多矣。四方之法各异，唯京师为善。桓灵之间，有虎贲王越善斯术，称于京师。河南史阿言昔与越游，具得其法，余从阿学之精熟。尝与平虏将军刘勋，奋威将军邓展等共饮。宿闻展善有手臂，晓五兵，又称其能空手入白刃。余与论剑良久，谓言将军法，非也。余顾尝好之，又得善术，因求与余对。时酒酣耳热，方食甘蔗，便以为杖，下殿数交，三中其臂，左右大笑。展意不平，求更为之。余言吾法急属，难相中面，故齐臂耳。展言愿复一交。

余知其欲突以取交中也，因伪深进，展果寻前，余却脚剿，正截其颡。坐中惊视。余还坐，笑曰：昔阳庆使淳于意去其故方，更授以秘术。今余亦愿邓将军捐弃故伎，更受要道也。一坐尽欢，夫事不可自谓己长，余少晓持复，自谓无对。俗名双戟为坐铁室，镶楯为蔽木户，后从陈国袁敏学，以单攻复，每为若神。对家不知所出，告曰若逢敏于狭路，直决耳。余于他戏弄之事少所喜，唯弹棋略尽其巧。少为之赋，昔京师先工有马合乡侯、东方安世，张公子，常恨不得与彼数子者对。上雅好诗书文籍，虽在军旅，手不释卷，每定省从容，常言人少好学则思专，长则善忘。长大而能勤学者唯吾与袁伯业耳。余是以少诵诗论，及长而备历五经四部，史汉诸子百家之言，靡不毕览。所著书论诗赋凡六十篇，至若智而能愚，勇而能怯，仁以接物，恕以及下，以付后之良史。

子桓文修饬安闲，与乃父之愤笔疾书，作风大别矣。他如《典论·论文》《与吴质》等书，尤为清丽卓约，吾尝以谓魏文帝之诗文，与王右军之书法，可同类共赏。

曹植　字子建，丕弟，年十岁余，诵读诗论及辞赋数十万言，善属文。太祖尝视其文，谓植曰：汝倩人邪？植跪曰：言出为论，下笔成章，顾当面试，奈何倩人？时邺铜爵台新成，太祖悉将诸子登台，使各为赋，植援笔立成可观。太祖甚异之。黄初三年进侯为鄄城王，徙封东阿，又封陈，谥曰思。涵芬楼《四部丛刊》影印明活字《曹子建集》十卷。

籍田说

春耕于籍田，郎中令侍寡人焉。顾而谓之曰："昔者神农氏始尝万草，教民种植。今寡人之兴此田，将欲以拟乎治国，非徒娱耳目而已也。夫营畴万亩，厥田上下，经以大陌，带以横阡；奇柳夹路，名果被园；宰农实掌，是谓公田，此亦寡人之封疆也。日殄没而归馆，晨未昕而即野，此亦寡人之先下也。菽藿特畴，禾黍异田，此亦寡人之理政也。及其息泉涌，庇重阴，怀有虞，抚素琴，此亦寡人之所习乐也。兰、蕙、荃、蘅，植之近畴，此亦寡人之所亲贤也。刺藜、臭蔚，弃之乎远疆，此亦寡人之所远佞也。若年丰岁登，果茂菜滋，则臣仆小大，咸取验焉。"

封人有能以轻凿修钩，去树之蝎者，树得以茂繁。中舍人曰："不识治天下者亦有蝎者乎？"寡人告之曰："昔三苗、共工、鲧、驩兜，非尧之蝎欤？"问曰："诸侯之国，亦有蝎乎？"寡人告之曰："齐之诸田，晋之六卿，鲁之三桓，非诸侯之蝎欤？""然三国无轻凿修钩之任，终于齐篡鲁弱，晋国以分，不亦痛乎！"曰："不识为君子者亦有蝎乎？"寡人告之曰："固有之也。富而慢，贵而骄，残仁贼义，甘财悦色，此亦君子之蝎也？天子勤耘，以牧一国；大夫勤耘，以收世禄；君子勤耘，以显令德。夫农者始于种，终于获。泽既时矣，苗既美矣，弃而不耘，则改为荒畴。盖丰年者期于必收，譬修道亦期于殁身也。"

夫凡人之为圃，各植其所好焉。好甘者植乎荠，好苦者植乎荼，好香者植乎兰，好辛者植乎蓼，至于寡人之圃，无不植也。

此寓言之文，上承庄列，而秦汉已少见之；后世古文家，韩柳亦尝为之，柳宗元所为，尤与子建为近。

第三节　建安七子之散文

魏文帝典论·论文云："今之文人，鲁国孔融文举，广陵陈琳孔璋，山阳王粲仲宣，北海徐幹伟长，陈留阮瑀元瑜，汝南应玚德琏，东平刘桢公幹，斯七子者于学无所遗，于辞无所假，咸以自骋骐骥于千里，仰齐足而并驰，以此相服，亦良难矣。"又云："王粲长于辞赋，徐幹时有齐气，然粲之匹也。如粲之《初征》《登楼》《槐赋》《征思》，幹之《玄猿》《漏卮》《圆扇》《橘赋》，虽张蔡不过也。然于他文，未能称是。琳瑀之章表书记，今之隽也。应玚和而不壮。刘桢壮而不密。孔融体气高妙，有过人者，然不能持论，理不胜词，以至乎杂以嘲戏，及其所善，杨班俦也。"又《与吴质书》云："观古今文人，类不护细行，鲜能以名节自立，而伟长独怀文抱质，恬淡寡欲，有箕山之志，可谓彬彬君子者矣；著《中论》二十余篇，成一家之言，辞意典雅，足传于后，比子为不朽矣。德琏常斐然有述作之意，其才学足以著书，美志不遂，良可痛惜。间者历览诸子之文，对之抆泪，既痛逝者，行自念也。孔璋章表殊健，微为繁富。公干有逸气，但未遒耳。其五言诗之善者妙绝时人。元瑜书记翩翩，致足乐也。仲宣独自善于辞赋，惜其体弱，不足起其文，至于所善，古人无以远过。昔伯牙绝弦于钟期，仲尼覆醢于子路，痛知音之难遇，伤门人之莫逮；诸子但为未及古人，自一时之隽也。"曹植《与杨德祖书》亦曰："昔仲宣独步于汉南，孔璋鹰扬于河朔，伟长擅名于青土，公干振藻于海隅，德琏发迹于此魏，足下高视于上京，当此之时，人人自谓握灵蛇之珠，家家自谓抱荆山之玉，吾王于是设天纲以该之，顿八弦以掩之，今悉集兹国矣。然此数子犹复不能飞轩绝迹，一举千里。以孔璋之才，不闲于辞赋，而多自谓能与司马长卿同风。譬画虎不成，反为狗也。前书嘲之，反作论盛道仆赞其文。夫钟期不失听，于今称之，吾亦不能妄叹者，畏后世之嗤余也。"观此三篇所论，则七子之作风可知矣。七子者《典论》所列孔融、陈琳、王粲、徐幹、阮瑀、应玚、刘桢，后人所号为建安七子者也。

　　孔融　字文举，孔子二十世孙。少有俊才，献帝时为北海相，立学校，表儒术，寻拜大中大夫。性宽容少忌，喜诱益后进，及退闲职，宾客日盈其门。常叹曰：座上客常满，尊中酒不空，吾无忧矣。融闻人之善若出诸己，言有可采必演而成之；面告其短，而退称所长；荐贤达士，多所奖进；知而未言，以为己过。故海内英俊，皆信服之。为曹操所忌，被诛。《一百三家集》有《孔少府集》一卷。

　　王粲　字仲宣，山阳高平人。献帝西迁，粲徙长安，左中郎将蔡邕见而奇之。时邕学显著，贵重朝廷，常车骑填巷，宾客盈坐；闻粲在门，倒履迎之；粲至，年既幼弱，容状短小，一坐尽惊。邕曰：此王公孙也，有异才，吾不如也；吾家书籍文章，尽当与之。粲善属文，举笔便成，无所改定，时人常以为宿构。《一百三家集》有《王侍中集》一卷。

　　徐幹　字伟长，北海人，为司空军谋祭酒掾属，五官将文学。

　　陈琳　字孔璋，广陵人，前为何进主簿；避难冀州，袁绍使典文章；袁氏败，归太祖。《一百三家集》有《陈记室集》一卷。

　　阮瑀　字元瑜，陈留人。少受学于蔡邕。建安中都护曹洪欲使掌书记，瑀不为屈。太祖并以琳瑀为司空军谋祭酒管记室，军国书檄，多琳瑀所作也。《一百三家集》有《阮元瑜集》一卷。

　　应玚　字德琏，汝南人。《一百三家集》有《应德琏集》一卷。

　　刘桢　字公幹，东平人。玚桢被太祖辟为丞相掾属。玚转为平原侯庶子，后为五官将文学。《一百三家集》有《刘公集》一卷。

　　七子之散文，自以孔融为最高，魏文称为气体高妙，诚可当之而无愧；王粲次之；陈琳又次之；余则难以伯仲矣。

汝颍优劣论

孔融

汝南戴子高亲止千乘万骑,与光武皇帝共揖于道中,颍川士虽抗节,未有颉顽天子者也。汝南许子伯,与其友人共说世俗将坏,因夜起,举声号哭。颍川士虽颇忧时,未有能哭世者也。汝南许掾教太守邓晨图开稻陂,灌数万顷,累世获其功,夜有火光之瑞。韩元长虽好地理,未有成功见效如许掾者也。汝南张元伯身死之后,见梦范巨卿,颍川士虽有奇异,未有鬼神能灵者也。汝南应世叔读书五行俱下,颍川士虽多聪明,未有能离娄并照者也。汝南李洪为太尉掾,弟杀人当死,洪自劾,诣阁乞代弟命,便饮鸩而死,弟用得全。颍川士虽尚节义,未有能杀身成仁如洪者也。汝南翟文仲为东郡太守,始举义兵以讨王莽,颍川士虽疾恶未有能破家为国者也。汝南袁公著为甲科郎中,上书欲治梁冀,颍川士虽慕忠谠,未有能投命直言者也。

为刘荆州与袁谭书

王粲

天降灾害,祸难殷流,初交殊族,卒成同盟,使王室震荡,彝伦攸斁。是以智达之士，莫不痛心入骨，伤时人不能相忍也。然孤与太公，志同愿等，虽楚魏绝邈，山河迥远，戮力乃心，共奖王室。使非族不干吾盟，异类不绝吾好，此孤与太公无贰之所致也。功绩未卒，太公徂陨，贤胤承统，以继洪业。宣奕世之德，履丕显之祚，摧严敌于邺都，扬休烈于朔土。顾定疆宇，虎视河外，凡我同盟，莫不景附。何悟青蝇飞于竿旌，无忌游于二垒，使股肱分成二体，胸膂绝为异身？初闻此问，尚谓不然，定闻信来，乃知阕伯实沉之忿已成，弃亲即雠之计已决。旌斾交于中原，暴尸累于城下。闻之哽咽，若存若亡。昔三王五伯，下及战国，君臣相弑，父子相杀，兄弟相残，亲戚相灭，盖时有之。然或欲以成王业，或欲以定霸功，皆所谓逆取顺守，而徼富强于一世也。未有弃亲即异，兀其根本，而能全躯长世者也。昔齐襄公报九世之仇，士丐卒荀偃之事，故《春秋》美其义，君子称其信。夫伯游之恨于齐，未若太公之忿于曹也。宣子之臣承业，未若仁君之继统也。且君子违难不适仇国，交绝不出恶声，况忘先人之仇，弃亲戚之好，而为万世之戒，遗同盟之耻哉！蛮夷戎狄，将有诮让之言，况我族类，而不痛心邪？夫欲立竹帛于当时，全宗祀于一世，岂宜同生分谤，争校得失乎。若冀州有不弟之傲，无惭顺之节，仁君当降志辱身以济事为务。事定之后，使天下平其曲直，不亦为高义邪？今仁君见憎于夫人，未若郑庄之于姜氏，昆弟之嫌，未若重华之于象傲。然庄公卒从大隧之乐，象傲终受有鼻之封，愿捐弃百疴，追摄旧义，复为母子昆弟如初。今整勒士马，瞻望鹄立。

谏何进召外兵

陈琳

《易》称既鹿无虞，谚有掩目捕雀。夫微物尚不可欺以得志，况国之大事，其可以诈立乎！今将军总皇威，握兵要，龙骧虎步，高下在心。以此行事，无异于鼓洪炉以燎毛发。但当速发雷霆，行权立断，违经合道，天人顺之。而反释其利器，更征于他。大兵合聚，强者为雄，所谓倒持干戈，授人以柄，必不成功，只为乱阶。

谏曹植书

刘桢

家丞邢颙，北士之彦，少秉高节，玄静澹泊，言少理多，真雅士也。桢诚不足同贯斯人，并列左右，而桢礼遇殊特，颙反疏简。私惧观者，将谓君侯习近不肖，礼贤不足，采庶子之春华，忘家丞之秋实，为上招谤，其罪不小，以此反侧。

要而论之，魏代散文，约分两派。一曰：悲壮派，此派自魏武开之，陈思继之，益以富丽；凡王粲陈琳吴质之属随之，而皆望尘不及者也；凡六朝陆机徐庾等尚气势者均自此出。二曰：清丽派，此派魏文倡之；凡阮籍繁钦之徒随之；凡六朝之潜气内转，尚气韵一派，均从此出。

第四节　吴蜀之散文

吴蜀文学，远不及魏。然蜀之诸葛亮，有前后《出师表》，实千古最有名之文字。吴文之为人传诵者，则几于无有。唯有韦曜之《博奕论》，与诸葛恪《与丞相陆逊书》等不过数篇而已。

诸葛亮　字孔明，琅琊阳都人，蜀汉丞相，封武乡侯。《蜀志》云："亮性长于巧思，损益连弩，木牛流马，皆出其意；推衍兵法，作八阵图，咸得其要；教言书奏多可观，别为一集。"《一百三家集》有《诸葛亮丞相集》三卷。

诸葛恪　字元逊，瑾长子也。孙权尝问恪曰：卿父与叔父（诸葛亮）孰贤？对曰：臣父为优。权问其故。对曰：臣父知所事，叔父不知。为吴抚越将军领丹阳太守，拜大傅。

前出师表

诸葛亮

臣亮言：先帝创业未半，而中道崩殂。今天下三分，益州疲弊，此诚危急存亡之秋也。然侍卫之臣，不懈于内，忠志之士，忘身于外者，盖追先帝之殊遇，欲报之于陛下也。诚宜开张圣听，以光先帝遗德，恢宏志士之气；不宜妄自菲薄，引喻失义，以塞忠谏之路也。

宫中府中，俱为一体，陟罚臧否，不宜异同。若有作奸犯科，及为忠善者，宜付有司，论其刑赏，以昭陛下平明之治；不宜偏私，使内外异法也。

侍中、侍郎郭攸之、费祎、董允等，此皆良实，志虑忠纯，是以先帝简拔以遗陛下。愚以为宫中之事，事无大小，悉以咨之，然后施行，必能裨补阙漏，有所广益。

将军向宠，性行淑均，晓畅军事，试用于昔日，先帝称之曰能，是以众议举宠为督。愚以为营中之事，事无大小，悉以谘之，必能使行陈和穆，优劣得所也。

亲贤臣，远小人，此先汉所以兴隆也；亲小人，远贤臣，此后汉所以倾颓也。先帝在时，每与臣论此事，未尝不叹息痛恨于桓、灵也。侍中、尚书、长史、参军，此悉贞亮死节之臣也，愿陛下亲之信之，则汉室之隆，可计日而待也。

臣本布衣，躬耕于南阳，苟全性命于乱世，不求闻达于诸侯。先帝不以臣卑鄙，猥自枉屈，三顾臣于草庐之中，咨臣以当世之事。由是感激，遂许先帝以驱驰。后值倾覆，受任于败军之际，奉命于危难之间，尔来二十有一年矣！

先帝知臣谨慎，故临崩寄臣以大事也。受命以来，夙夜忧叹，恐托付不效，以伤先帝之明；故五月渡泸，深入不毛。今南方已定，兵甲已足，当奖帅三军，北定中原；庶竭驽钝，攘除奸凶，兴复汉室，还于旧都。此臣之所以报先帝而忠陛下之职分也。至于斟酌损益，进尽忠言，则攸之、祎、允之任也。

愿陛下托臣以讨贼兴复之效，不效则治臣之罪，以告先帝之灵。若无兴德之言，则责攸之、祎、允之咎，以彰其慢。陛下亦宜自谋，以咨诹善道，察纳雅言，深追先帝遗诏，臣不胜受恩感激。

今当远离，临表涕泣，不知所云。

与丞相陆逊书

诸葛恪

杨敬叔传清论，以为方今人物雕尽，守德业者不能复几，宜相左右，更为辅车，上熙国事，下相珍惜。又疾世俗好相谤毁，使已成之器，中有损累，将进之徒，意不欢笑，闻此喟然，诚独击节。愚以为君子不求备于一人。自孔氏门徒，大数三千，其见异者七十二人，至于子张子路子贡等。七十之徒，亚圣之德，然犹各有所短，师辟由喭，赐不受命，岂况下此而无所阙。且仲尼不以数子之不备而引以为友，不以人所短弃其所长也。加以当今取士，宜宽于往古。何者？时务从横，而善人单少，国家职司，常苦不克。苟令性不邪恶，志在陈力，便可奖就，聘其所任。若于小小宜适，私行不足，皆宜阔略，不足缕责。且士诚不可纤论苛克，苛克则彼圣贤犹将不全，况其出入者邪？故曰以道望人则难，以人望人则易，贤愚可知。自汉末以来，中国士大夫如许子将辈，所以更相谤讪，或至于祸。原其本起，非为大雠，惟坐克己不能尽如礼，而责人专以正义。夫己不如礼则人不服，责人以正义则人不堪。内不服其行，外不堪其责，则不得不相怨；相怨一生，则小人得容其间；得容其间则三至之言，浸润之谮，纷错交至。虽使至明至亲者处之，犹难以自定，况已为隙，且未能明者乎？是故张陈至于血刃，萧朱不终其好，本由于此而已。夫不舍小过，纤微相责，久乃至于家户为怨，一国无复全行之士也。

《石遗室论文》云："《前出师表》中段的是三国时文字，上变汉京之朴茂，下开六朝之隽爽。其气韵少能辨之者。此表云：'臣本布衣，躬耕于南阳'至'此臣之新以报先帝而忠陛下之职分也'。

悲壮苍凉，所谓声情激越矣。《三国志注》引《魏武故事》，载建安十五年《曹操令》云：'孤始举孝廉，年少欲为一郡守，好作政教，以建立名誉。故在济南始除残去秽，违迕诸常侍，以为强豪所忿，恐致家祸：去官之后，年纪尚少；顾视同岁中，年有五十，未名为老，内自图之，从此却走二十年，待天下清，乃与同岁中始举者等耳。故以四时归乡里，于谯东五十里筑精舍，欲秋夏读书，冬春射猎，求底下之地，欲以泥水自蔽，绝宾客往来之望，然不能得如意。后征为都尉，迁典军校尉，意遂更欲为国家讨贼立功，欲望封侯，作征西将军，然后题墓道，言，汉故征西将军曹侯之墓，此其志也。而遭值董卓之难，兴举义兵。后领兖州，破降黄巾三十万众。又袁术僭号于九江，后孤讨擒其四将，获其人众，遂使术穷亡解沮，发病而死。及至袁绍据河北，兵势强盛，幸而破绍，枭其二子。又刘表自以为宗室，包藏奸心，乍前乍却，以观世事，据有荆州，孤复定之。遂平天下，身为宰相，人臣之贵已极，意望已过矣。设使国家无孤，不知当几人称帝？几人称王？或者人见孤强盛，又性不信天命之事，恐私心相评，言有不逊之志，妄相忖度，每用耿耿。齐桓晋文，所以垂称至今日者，以其兵势广大，犹能奉事周室也。《论语》云：三分天下有其二，以服事殷，周之德可谓至德矣。夫能以大事小也。然欲使孤便尔委捐所典兵众，以还执事，归就武平侯国，实不可也。何者？诚恐己离兵，为人所祸，既为子孙计，又己败则国家倾危，是以不得慕虚名，而处实祸。'老横中又时有慷慨悲歌之意。下至孙权，其《与曹公笺》，亦有'春水方生，公宜速去。足下不死，孤不得安'等语，见《吴历》。可见当时文章风气大同小异如此。"

林传甲云："蜀汉昭烈帝备，当汉祚已移，拥梁益一隅，称尊号，规模未备，文物无足称。后世史臣，每尊蜀汉为正统者，则因武侯《出师表》而重也。亲贤臣，远小人，咨诹善道，察纳雅言，皆儒者纯粹之精语。《后出师表》所谓汉贼不两立，王业不偏安，鞠躬尽瘁，死而后已，成败利害，非所逆睹，非社稷之臣而能若是乎？武侯自知才弱敌强，惟不安于坐以待亡，故冒险进取，光明磊落，可揭以告万世。孔明将没，自表后主，言臣死之日，不使内有余帛，外有盈财，以负陛下。呜呼，此其所以为孔明欤？魏臣华歆、王朗、陈群、诸葛璋各有书与孔明，陈天命人事，欲使举国称藩，孔明不报书，作正议，其大义昭于天日矣。"

又云："江左六朝，建国金陵，阻长江为天堑，自孙氏始。孙坚盖孙武之后，其子策始有江左，皆转战无前，骁健尚武。策始用文士张纮，为书绝袁术。孙权袭父兄之业，称帝号，其文笔古雅，《责诸葛瑾之诏》《让孙皎之书》，所见皆卓尔不群。其子孙休继立为景帝，其《答张布诏》曰：孤之涉学，群书略备，所见不少也。由此观之，南朝天子好读书，孙氏实启之矣。《虞翻谏猎书》之简要，骆统《理张温表》之详畅，诸葛恪《与丞相陆逊书》《上孙奋笺》之明敏条达，吴人文之可传者也。吴楚多才，如严畯之好说文，阚泽陆续之善历数，薛综滑稽，出口成文，亦西蜀秦宓之流亚也。《周瑜传》中《谏以荆州资刘备疏》荐《鲁肃疏》，皆非完璧，而雄直之气，略可见也。吴之末造，贺邵《谏孙皓书》韦曜之《博奕论》，华核《请救蜀表》，渐近偶俪，亦皆质而不俚，足以自竞于汉魏之间。孰谓南朝文士柔弱乎？"

骈文极盛时代之散文 晋及南北朝

第一章 总论

自西晋至南北朝可谓骈文诗赋极盛时代，亦即为文学而文学之极盛时代也。晋之著名作家，有陆机、陆云、潘岳、潘尼、张载、张协、张元、左思。钟嵘《诗品》所谓晋太康中，三张二陆，两潘一左，勃尔复兴，踵武前王，风流未沫，亦文章之中兴也。晋宋之际，则有谢混、陶潜、汤惠休。宋则颜延之、谢灵运、傅亮、范晔、袁淑、谢瞻、谢惠连、谢庄、鲍照。齐则有王俭、王僧虔、王融、谢朓。齐梁之际，则有沈约、范云、江淹、丘迟、任昉、刘孝绰、刘峻、王筠、柳恽、吴均、何逊。陈则有徐陵，江总之辈。文人之盛，难以更仆数。然自来论六朝文学者，莫不以诗赋骈文为主，而忽其散文。而不知六朝之散文，亦甚有足称者。且当时文笔分途，《晋书·蔡谟传》云:"文笔议论,有集行世。"《南史·颜延之传》:"宋文帝问延之诸子能。延之曰:竣得臣笔,测得臣文。"刘勰《文心雕龙》云:"今之常言,有文有笔,以为无韵者笔也,有韵者文也。"梁元帝《金楼子》云:"至如不便为诗如阎纂,善为章奏如伯松,若是之流,泛谓之笔;吟咏风谣,流连哀思者谓之文。"然则当时之所谓文,犹今人所谓诗赋也;当时所谓笔,犹后人所谓文也。广义言之,当时之所谓文者,犹后世所谓诗赋骈文也;当时所谓笔者,犹后世所谓散文也。唯当时之五言诗,特为发达,骈文亦登峰造极,辞赋则由两汉之板重而变为隽永,由两汉之繁富而变清艳,故论西晋六朝之文者,莫不重诗赋而忽其散文焉。

第一节　藻丽派之散文

晋代文家之最尚藻丽而能为散文者,莫如潘陆。《晋书·潘岳传》,"岳字安仁,荣阳中牟人也。少以才颖见称乡邑,号为奇童,谓终贾之俦也"。又云:"岳美姿仪辞藻绝丽尤善为哀诔之文。"《一百三家集》有《潘黄门集》一卷。又《陆机传》云:"陆机字士衡,吴郡人也。身长七尺,其声如雷。少有异才,文章冠世,伏膺道术,非礼不动。"又曰:"机天才秀逸,辞藻宏丽,张华尝谓之曰:人之为文,常恨才少,而子更患其多。弟云尝与书曰:君苗见兄文,辄欲焚其笔砚。后葛洪著书,称机文犹玄圃之积玉,无非夜光焉;五河之吐流,泉源如一焉。其弘丽妍赡,英锐漂逸,亦一代之绝乎？其为人所推服如此。"《四部丛刊》影印明正德覆宋本《陆士衡文集》十卷。

潘陆之文，多属骈文。然亦有可以入于散文者，兹各录一篇如下：

闲居赋序

潘岳

岳尝读《汲黯传》，至司马安四至九卿，而良史书之以巧宦之目，未尝不慨然废书而叹曰：嗟乎，巧诚有之，拙亦宜然！顾常以为士之生也，非至圣无轨。微妙玄通者，则必立功立事，效当年之用。是以资忠履信以进德，修辞立诚以居业，仆少窃乡曲之誉，忝司空太尉之命，所奉之主，即太宰鲁武公其人也。举秀才为郎，逮事世祖武皇帝，为河阳怀令，尚书郎廷尉平。今天子谅闇之际，领大傅主簿，府主诛，除名为民。俄而复官，除长安令，迁博士，未召拜，亲疾辄去官免。自弱冠涉乎知命之年，八徙官而一进阶，再免，一除名，一不拜职，迁者三而已矣。虽通塞有遇，抑亦拙者之效也。昔通人和长舆之论余也，固谓拙于用多，称多则吾岂敢，言拙则信而有征。方今俊乂在官，百工惟时，拙者可以绝意乎宠荣之事矣。太夫人在堂，有羸老之疾，尚何能违膝下色养，而屑屑从斗筲之役乎？于是览止足之分，庶浮云之志；筑室种树，逍遥自得。池沼足以鱼钓，春税足以代耕,灌园粥蔬,以供朝夕之膳。牧羊酤酪,以俟伏腊之费。孝乎惟孝,友于兄弟。此亦拙者之为政也。乃作《闲居赋》以歌事遂情焉。

吊魏武帝文序

陆机

　　元康八年,机始以台郎出补著作,游乎秘阁,而见魏武帝遗令,怃然叹息,伤怀者久之。客曰:夫始终者万物之大归,生死者性命之区域,是以临丧殡而后悲,睹陈根而绝哭。今乃伤心百年之际,兴哀无情之地,意者无乃知哀之可有,而未识情之可无乎?机答之曰:夫日食由乎交分,山崩起于朽壤,亦云数而已矣。然百姓怪焉者,岂不以资高明之质,而不免卑浊之累。居长安之势,而终婴倾离之患故乎?夫以迥天倒日之力,而不能振形骸之内。济世夷难之智,而受困魏阙之下。已而格上下者藏于区区之木,光于四表者翳乎蕞尔之土。雄心摧于弱情,壮图终于哀志。长算屈于短日,远迹顿于促路。呜呼,岂特瞽史之异阙景,黔黎之怪颓岸乎!观其所以顾命冢嗣,贻谋四子,经国之略既远,隆家之训亦弘。又云:吾在军中持法是也。至于小忿怒,大过失,不当效也。善乎达人之谠言矣。持姬女而指季豹以示四子,曰:以累汝,因泣下。伤哉!曩以天下自任，今以爱子托人，同乎尽者无余，而得乎亡者无存。然而婉娈房闼之内，绸缪家人之务，则几乎黩与！又曰：吾婕妤妓人，皆著铜爵台，于台堂上施八尺床繐帐，朝晡上脯糒之属，月朝十五，辄向帐作妓。汝等时时登铜雀台，望吾西陵墓田。又云：余香可分与诸夫人，诸舍中无所为，学作履组卖也。吾历官所得绶著藏中，吾余衣裘，可别为一藏，不能者兄弟可共分之。既而竟分焉，亡者可以勿求，存者可以勿违，求与违不其两伤乎？悲夫爱有大而必失，恶有甚而必得。智慧不能去其恶，威力不能全其爱，故前识所不用心而圣人罕言焉。若乃系情累于外物，留曲念于闺房，亦贤俊之所宜废乎？于是遂愤懑而献吊云尔。

此两文抑塞悲怨，言愈敛而愈情张，其文法纯从太史公来；文情之烈，亦后人所难到也。章炳麟谓"雄心摧于弱情，壮图终于哀志，长算屈于短日，远迹顿于促路"云云，虽为吊文，抑何似谤书也？但焘云：士衡家世在吴，累叶将相，羽翼吴运。士衡以瑚琏俊才，值国灭家丧，不能展用佐时，既以孙皓举土委魏，作《辨亡论》以著其得失；其发愤讥评武帝，正言若反，非无病而呻也。

第二节　帖学家之散文

吾国美术，莫高于书法。而自古以书法兼文章名者，于周秦莫如李斯；于汉莫如蔡邕；于汉以后莫如王羲之。然李蔡之书存于石刻，凡石刻之文，必为极矜意之作，与三代钟鼎之文正复相类；作者书者刻者无不极人工之巧而为之也。帖学则不然，书者随意写之，作者随意出之，原不期人之刻之也；故其字与文一任天而行，极自然之致，与钟鼎石刻之文学家适极端相反。吾既爱人工之巧，而尤爱天然之妙也。故特述此章焉。

两晋六朝之帖学书家，以王羲之为最。《晋书·王羲之传》："羲之字逸少，幼讷于言，人未之奇；年十三，尝谒周顗，顗察而异之；及长辩瞻，以骨鲠称；尤善隶书，为古今冠。"此所谓隶书，当指楷书也。羲之楷书之最著名者为《乐毅论》，行书之最著名者为《兰亭集序》，草书之最著名者为《十七帖》。《十七帖》之文则尤吾所谓任天而行者也。《一百三家集》有《王右军集》二卷。

十七帖（节录）

十七日，先书，郗司马未去，即日得足下书为慰，先书以具示复数字。

吾前东，粗足作佳观。吾为逸民之怀久矣，足下何以方复及此？似梦中语邪。无缘言面，为叹书何能悉。

龙保等平安也，谢之甚迟，见卿舅可耳，至为简隔也。

知足下行至吴，念违离不可居，叔当西邪，迟知问。

计与足下别，廿六年于今。虽时书问，不解阔怀。省足下先后二书，但增叹慨，顷积雪凝寒，五十年中所无。想顷如常，冀来夏秋间，或复得足下问耳。比者悠悠，如何可言。

吾复食久，犹为劣劣。大都比之年时，为复可可。足下保爱为上，临书但有惆怅。

得足下旃罽胡桃药二种，知足下至。戎盐乃要也，是服食所须。知足下谓须服食，方回近之，未许。吾此志知我者希，此有成言，无缘见卿，以当一笑。

彼所须药草，可示当致。

青李来禽樱桃日给滕，子皆囊盛为佳，函封多不生。

足下所疏云，此果佳，可为致子，当种之。此种彼胡桃皆生也。吾笃喜种果。今在田里，唯以此为事，故远及，足下致此子者大惠也。

瞻近无缘，省苦但有悲叹，足下小大悉平安也。云卿当来居此，喜迟不可言，想必果，言苦有期耳。亦度卿当不居京，此既避，又节气佳，是以欣卿来也。此信旨还，具示问。

省足下别疏，具彼土山川诸奇，扬雄蜀都，左太冲三都，殊为不备悉。彼故为多奇，益令其游目意足也。可得果当告卿求迎，少足耳。至时示意，迟此期，真以日为岁，想足下镇彼土，未有动理耳。要欲及卿在彼，登汶领峨眉而旋，实不朽之盛事。但言此，心以驰于彼矣。诸从炊数有问，粗平安。唯修载在远，音问不数。悬情司州，疾笃不果西。公私可恨，足下所云，皆尽事势。吾无间然，诸问，想足下别具，不复一一。

云谯周有孙，高尚不出，今为所在。其人有以副此志不，令人依依，足下具示。

严君平司马相如扬子云，皆有后不。

此文绝不修饰，而味之隽永，乃古今无两。惜今阁帖中所存诸帖，悉多断简，不能尽句读耳。然其文亦似有所本。

军策令

魏武帝

孤先在襄邑，有起兵意，与工师共作卑手刀。时北海孙宾硕来候孤，讥孤曰：当慕其大者，乃与工师共作刀耶。孤答曰：能小复能大，何害。

袁本初铠万领，吾大铠二十领，本初马铠二百具，吾不能有十具，见其少，遂不施也。吾遂出奇破之，是时士卒练甲不与今时等也。

夏侯渊今月贼烧却鹿角，鹿角去本营十五里，渊将四百兵行鹿角，因使士补之。贼山上望见，从谷中卒出。渊使兵与斗，贼遂绕出其后。兵退而渊未至，甚可伤。渊本非能用兵也，军中呼为白地将军，为督帅尚不当亲战，况补鹿角乎。

诏群臣

魏文帝

三世长者知被服，五世长者知饮食，此言被服饮食非长者不别也。

夫珍玩必中国。夏则缣縂绡繐，其白如雪，冬则罗纨绮縠，衣叠鲜文，未闻衣布服葛也。

前后每得蜀锦，殊不相似，比适可讶，而鲜卑尚复不爱也。自吴所织如意，虎头，连璧锦，亦有金薄，蜀薄，来至洛邑皆下恶，是为下工之物，皆有虚名。江东为葛，宁可比罗纨绮縠。

前于阗王山习，所上孔雀尾万枝，文彩五色，以为金根车盖，遥望耀人眼目。饮食一物，南方有谪，酢正裂人牙，时有甜耳。

新城孟太守道蜀猪肫鸡鹜味皆澹，故蜀人作食，喜著饴蜜，以助味也。

真定御梨大若拳，甘若蜜，脆若菱，可以解烦释渴。

南方有龙眼荔枝，宁比西国蒲萄石蜜乎，酢且不如中国。今以荔枝赐将吏啖之，则知其味薄矣，凡枣莫若安邑御枣也。

中国珍果甚多，且复为蒲萄说：当其朱夏涉秋，尚有余暑，醉酒宿醒，掩露而食，甘而不饴，脆而不酢，冷而不寒，味长汁多，除烦解渴，又酿以为酒，甘于鞠蘖，善醉而易醒，道之已流涎咽唾，况亲食之邪。他方之果，宁有匹之者。

魏武父子此等作品，其行文在有意无意之间，疑为右军之所本也。

《晋书》谓："羲之雅好服食养性，不乐在京师；初渡浙江，便有终焉之志；会稽有佳山水，名士多居之，谢安未仕时亦居焉，孙绰、李充、许询、支遁等皆以文义冠世，并筑室东土，与羲之同好。尝与同志宴集于会稽山阴之兰亭，羲之自为序，以申其志。"今录其文如下：

兰亭集序

永和九年，岁在癸丑，暮春之初，会于会稽山阴之兰亭，修禊事也。群贤毕至，少长咸集。此地有崇山峻岭，茂林修竹。又有清流激湍，映带左右，引以为流觞曲水，列坐其次。虽无丝竹管弦之盛，一觞一咏，亦足以畅叙幽情。

是日也，天朗气清，惠风和畅。仰观宇宙之大，俯察品类之盛。所以游目骋怀，足以极视听之娱，信可乐也。

夫人之相与俯仰一世。或取诸怀抱，悟言一室之内；或因寄所托，放浪形骸之外。虽趣舍万殊，静躁不同，当其欣于所遇，暂得于己，快然自足，曾不知老之将至；及其所之既倦，情随事迁，感慨系之矣。向之所欣，俯仰之间，已为陈迹，犹不能不以之兴怀，况修短随化，终期于尽！古人云："死生亦大矣。"岂不痛哉！

每览昔人兴感之由，若合一契，未尝不临文嗟悼，不能喻之于怀。固知一死生为虚诞，齐彭殇为妄作。后之视今，亦由今之视昔悲夫！故列叙时人，录其所述。虽世殊事异，所以兴怀，其致一也。后之览者，亦将有感于斯文。

此文虽不如《十七帖》之随意着笔，然不事文彩，味自隽永也。《石遗室论文》云："六朝间散文之绝无仅有者，不过王右军、陶靖节之作数篇。而右军《兰亭序》《昭明文选》及后世诸选本皆不收。论者以为篇中连用丝竹管弦四字，丝竹即管弦为重复。然此四字实本《汉书·张禹传》。传云：后堂理丝竹弦管，前人已据而辩之，又引《庄子》我无粮我无食为证矣。其实《昭明文选》，多可訾议，佳篇遗漏者甚多，不足为凭。其序《陶渊明集》，指其《闲情》一赋，以为白璧微瑕，乃于《高唐》《神女》《好色》《洛神》诸赋，则无不选入，此何说哉？且题曰《闲情》，乃言防闲情之所至也。何所用其疵点乎？后世选家不选，殆自谓所选皆有关人心世道之文，合于立德立功之旨。乃归有光《寒花葬志》，自写与妻婢调笑情状，颇不庄雅，而姚惜抱选入《古文辞类纂》，曾涤生选入

《经史百家杂钞》,谓之何或?岂知晋代承魏何晏王衍诸人风尚,竞务清谈,大概老庄宗旨;右军雅志高尚,称疾去郡,誓于父母墓前,与东土人士,穷名山,泛苍海,优游无事,弋钓为娱,宜其所言,于老庄玄旨,变本加厉矣;而此序临河兴感,知一死生为虚诞,齐彭殇为妄作,即仲尼乐行忧违,在川上而有逝者如斯之叹也。世人薰心富贵,颠倒得失,宜其不足以知此。昭明舍右军而采颜延年王元长二作,则偏重骈俪之故,与《平淮西碑》舍昌黎而取段文昌者,命意略同也。"

第三节 自然派之散文

晋宋间之文学,最放异彩者为陶渊明。其诗世多知之;文则骈文家既以其不秾丽而鲜及之,古文家亦以其不矜意而少选之。而不知其雅澹自然之致与其诗无二,不尚修饰,妙合自然,非深于文者不能为也。原其所祖,则上本匡刘,近祖康成。今录其《与子俨等疏》于后:

与子俨等疏

告俨、俟、份、佚、佟:天地赋命,生必有死,自古圣贤,谁能独免?子夏有言:"死生有命,富贵在天。"四友之人,亲受音旨,发斯谈者将非穷达不可外求,寿夭永无外请故耶?

吾年过五十，少而穷苦，每以家弊，东西游走。性刚才拙，与物多忤。自量为己，必贻俗患，俛俛辞世，使汝等幼而饥寒。余尝感孺仲贤妻之言，败絮自拥，何惭儿子？此既一事矣。但恨邻靡二仲，室无莱妇，抱兹苦心，良独内愧。

少学琴书，偶爱闲静，开卷有得，便欣然忘食。见树木交荫，时鸟变声，亦复欢然有喜。常言：五六月中，北窗下卧，遇凉风暂至，自谓是羲皇上人。意浅识罕，谓斯言可保。日月遂往，机巧好疏，缅求在昔，眇然如何！

病患以来，渐就衰损，亲旧不遗，每以药石见救，自恐大分将有限也。汝辈稚小，家贫每役，柴水之劳，何时可免？念之在心，若何可言！然汝等虽不同生，当思四海皆兄弟之义。鲍叔、管仲，分财无猜；归生、伍举，班荆道旧。遂能以败为成，因丧立功。他人尚尔，况同父之人哉！颍川韩元长，汉末名士，身处卿佐，八十而终。兄弟同居，至于没齿。济北氾稚春，晋时操行人也，七世同财，家人无怨色。《诗》曰："高山仰止，景行行止。"虽不能尔，至心尚之。汝其慎哉！吾复何言。

《石遗室论文》曰："三国六朝散体文可论者甚少。郑康成本汉末人，至三国尚存，其《戒子书》中有云：'显誉成于僚友，德行立于己志，若致声称，亦有荣于所生，可不深念邪？可不深念邪？'末云：'家今差多于昔，勤力务时，无恤饥寒，菲饮食，薄衣服，节夫二者，尚令吾寡憾，若忽忘不识，亦已焉哉！'著墨不多，而自亲切有味。康成湛深经学，故文字气息醇茂，不务为峥嵘气势，极似西汉匡刘诸作。且此篇乃对子之言，尤贵朴实，自道毫无假饰，在东汉末视蔡中郎孔北海辈之肤廓，迥不相侔矣。晋陶渊明《与子俨俟份佚佟疏》，笔意颇相近，以其恬退不仕，与世无竞同也。两文前半篇自叙生平，尤为相似，自系陶之著意效郑，而绝无一字蹈袭处。惟陶作较有词采，中一段云：'少学琴书，偶爱闲情，开卷有得，便欣然忘食。见树木交荫，时鸟变声，亦复欢然有喜。常言：五六月中，北窗下卧，遇凉风暂至，自谓是羲皇上人。意浅识罕，谓斯言可保。日月遂往，机巧遂疏，缅求在昔，渺然如何！'盖渊明工诗，故兴趣横生，而又不落纤仄，所以可贵。"

渊明散文之美者尚有《五柳先生传》《桃花源记》《孟府君传》等。其韵文之佳者则有《归来来辞》《士不遇赋》《闲情赋》。《南史·隐逸传》云："陶潜字渊明，或云字深明，名元亮，寻阳柴桑人。少有高志。家贫亲老。起为州祭酒，不堪吏职，少日自解归。州召主簿，不就。躬耕自资。后为镇军建威参军，谓亲朋曰：聊欲弦歌为三径之资可乎？执事者闻之，以为彭泽令。义熙末，征为著作郎，不就。"《四部丛刊》影印宋巾箱本《笺注陶渊明集》十卷。渊明自然派之散文，后世惟唐白居易最为近之。

第四节 论难派之散文

魏晋之间学重名理，故晋儒鲁胜已注《墨辩》。迄于齐梁，佛法益盛，辩难之风更炽。如宋何承天之《达性论》《报应问》《答宗居士书》、顾愿《定命论》等，均论辩精微，无愧名家之作。而范缜之《神灭论》，沈约之《难神灭论》，尤为佳制。《公孙龙子》而后，仅见之文也。

范缜　《南史·范缜传》，字子真，南乡舞阴人。缜少孤贫，事母孝谨。年未弱冠，从沛国刘瓛学，瓛甚奇之，亲为之冠。在瓛门下积年，恒芒屩布衣，徒行于路。瓛门下多车马贵游，缜在其间，聊无耻愧。及长博通经术，尤精三礼。性质直，好危言高论，不为士友所安。唯与外弟萧琛善，琛名曰口辩，每服缜简诣。仕齐为尚书殿中郎。

沈约　字休文，吴兴武康人。年十三而遭家难，潜窜，会赦乃免。既而流寓孤贫，笃志好学，昼夜不释卷。母恐其以劳生疾，常遣减油灭火。而昼之所读，夜辄诵之。遂博通群籍，善属文。仕齐官至司徒左长史征虏将军南清河南太守。梁高祖在西邸与约游旧，建康城平，引为骠骑司马，将军如故，后以劝进定策功，高祖受禅，封建昌侯，官至侍中少保。《一百三家集》有《沈隐侯集》一卷。

神灭论

范缜

　　或问予云，神灭，何以知其灭也？答曰：神即形也，形即神也。是以形存则神存，形谢则神灭也。问曰：形者无知之称，神者有知之名。知与无知，即事有异，神之与形，理不容一，形神相即，非所闻也。答曰：形者神之质，神者形之用，是则形称其质，神言其用。形之与神，不得相异也。问曰：神故非用，不得为异，其义安在？答曰：名殊而体一也。问曰：名既已殊，体何得一？答曰：神之于质，犹利之于刀；形之于用，犹刀之于利。利之名非刀也，刀之名非利也，然而舍利无刀，舍刀无利，未闻刀没而利存，岂容形亡而神在？问曰：刀之与利，或如来说，形之与神，其义不然。何以言之？木之质无知也，人之质有知也。人既有如木之质，而有异木之知，岂非木有一人有二邪？答曰：异哉言乎。人若有如木之质以为形，又有异木之知以为神，则可如来论也。今人之质，质有知也。木之质，质无知也。人之质非木质也，木之质非人质也。安有知木之质，而复有异木之知哉？问曰：人之质所以异木质者，以其有知耳。人而无知，与木何异？答曰：人无无知之质，犹木无有知之形。问曰：死人之形骸，岂非无知之质耶？答曰：是无人质。问曰：若然者人果有如木之质，而有异木之知矣。答曰：死者如木而无异木之知，生者有异木之知而无如木之质也。问曰：死者之骨骸，非生之形骸邪？答曰：生形之非死邪，死形之非生形，区已革矣。安有生人之形骸，而有死人之骨骸哉？问曰：若生者之形骸，非死者之骨骸，非死者之骨骸则应不由生者之形骸，不由生者之死骸则此骨骸从何而至此邪？答曰：是生者之形骸，变为死者之骨骸也。问曰：生者之形骸，虽变为死者之骨骸，岂不从生而有死，则知死体犹生体也。答曰：如因荣木变为枯木，枯木之质宁是荣木之体？问曰：荣体变为枯体，枯体即是荣体，丝体变为缕体，缕体即是丝体，有何别焉？答曰：若枯即是荣，荣即是枯，应荣时凋零，枯时结实也。又荣木不应变为枯木，以荣即枯无所复变也。荣枯是一，何不先枯后荣，要先荣后枯，何也？丝缕之义，亦同此破。问曰：生形之谢，便应豁然都尽，何故方受死形绵历未已邪？答曰：生灭之体，要有其次故也。夫欻而生者必欻而灭，渐而生者必渐而灭；欻而生者飘骤是也，渐而生者动植是也。有欻有渐，物之理也。问曰：形即是神者，手等亦是邪？答曰：皆是神之分也。问曰：若皆是神之分，神既能虑，手等亦应能虑也。答曰：手等亦应能有痛痒之知，而无是非之虑。问曰：虑为一为异？答曰：知即是虑，浅则为知，深则为虑。问曰：若尔应有二乎？答曰：人体唯一，神何得二？问曰：若不得二，安有痛痒之知，复有是非之虑？答曰：如手足虽异，总为一人，是非痛痒，虽复有异，亦总为一神矣。问曰：

是非之虑,不关手足,当关何处?答曰:是非之意,心器所主。问曰:心器是五藏之心非邪?答曰:是也。问曰:五藏有何殊别,而心独有是非之虑乎?答曰:七窍亦复何殊,而司用不均。问曰:虑思无方,何以知是心器所主?答曰:五藏各有所司,无有能虑者,是以心为虑本。问曰:何不寄在眼等分中?答曰:若虑可寄于眼分,何故曰不寄于耳分邪?问曰:虑体无本,故可寄之眼分;眼目有本,不假寄于他分也?答曰:眼何故有本而虑无本?苟无本于我形,而可遍寄于异地,亦可张甲之情寄王乙之躯,李丙之性,托赵丁之体。然乎哉?不然也。问曰:圣人形犹凡人之形,而有凡圣之殊。故知形神异矣?答曰:不然,金之精者能昭,秽者不能昭,有能昭之精金,宁有不昭之秽质,又岂有圣人之神而寄凡人之器,亦无凡人之神而托圣人之体,是以八采重瞳,勋华之容,龙颜马口,轩皞之状,形表之异也。比干之心,七窍列角,伯约之瞻,其大若拳,此心器之殊也。是知圣人定分,每绝常区,非惟道革群生,乃亦形超万有,凡圣均体,所未敢安。问曰:子云圣人之形必异于凡者,敢问阳货类仲尼,项籍似大舜,舜项孔阳,智革形同,其故何耶?答曰:珉似玉而非玉,鸡类凤而非凤,物诚有之,人故宜尔。项阳貌似而非实似,心器不均,虽貌无益。问曰:凡圣之殊,形器不一,可也?贯极理无有二,而丘旦殊姿,汤文异状,神不侔色,于此益明矣。答曰:圣同于心,器形不必同也。犹马殊毛而齐逸，玉异色而均美，是以晋棘荆和，等价连城，骅骝骐骊，俱致千里。问曰：形神不二，既闻之矣，形谢神灭，理固宜然，敢问经云为宗庙以鬼飨之何谓也？答曰：圣人之教然也。所以弭孝子之心，而厉偷薄之意，神而明之，此之谓矣。问曰：伯有被甲，彭生豕见，坟索著其事，宁是设教而已邪？答曰：妖怪茫茫，或存或亡，强死者众，不皆为鬼，彭生伯有，何独能然，乍为人豕，未必齐郑之公子也。问曰：易称故知鬼神之情状，与天地相似而不违。又曰：载鬼一车，其义云何？答曰：有禽焉，有兽焉，飞走之别也；有人焉，有鬼也，幽明之别也。人灭而为鬼，鬼灭而为人，则未之知也。问曰：知此神灭。有何利用邪？答曰：浮屠害政，桑门蠹俗，风惊雾起，驰荡不休，吾哀其弊，思拯其溺。夫竭财以赴僧，破产以趋佛，而不恤亲戚，以怜穷匮者，何？良由厚我之情深，济物之意浅，是以圭撮涉于贫友，吝情动于颜色，千钟委於富僧，欢意畅于容发，岂不以僧有多稌之期，友无遗秉之报。务施阙于周急，归德必于在已，又惑以茫昧之言，惧以阿鼻之苦，诱以虚诞之辞，欣以兜率之乐。故舍逢掖，袭横衣，废俎豆，列瓶钵，家家弃其亲爱，人人绝其嗣续，致使兵挫于行间，吏空于官府，粟罄于惰游，货殚于泥木，所以奸宄弗胜，颂声尚拥。惟此之故，其流莫已，其病无限。若陶甄禀于自然，森罗均于独化，忽焉自有，恍尔而无，来也不御，去也不追，乘夫天理，各安其性，小人甘其垄亩，君子保其恬素，耕而食，食不可穷也。蚕而衣，衣不可尽也，下有余以奉其上，上无为以待其下，可以全生，可以匡国，可以霸君，用此道也。

难范缜神灭论

沈约

来论云：形即是神，神即是形。又云：人体是一，故神不得二。若如雅论，此二物不得相离，则七窍百体，无处非神矣。七窍之用既异，百体所营不一，神亦随事而应，则其名亦应顺事而改。神者对形之名，而形中之形，各有其用，则应神中之神，亦应各有其名矣。今举形则有四肢百体之异，屈伸听受之别，各有其名，各有其用，言神唯有一名，而用分百体，此深所未了也。若形与神对，片不不差，何则形之名多，神之名寡也。若如来论，七尺之神，神则无处无形，形则无处非神矣。刀则唯刃犹利，非刃则不受利名。故刀是举体之称，利是一处一目，刀之与利，既不同矣，形之与神岂可妄合邪？又昔日之刃，今铸为剑，剑利即是刀利，而刀形非剑形，于利之用弗改，而质之形已移，与夫前生为甲，后生为丙。夫人之道或异，往识之神犹传，与夫剑之为刀，刀之为剑，有何异哉？又一刀之资，分为二刀，形已分矣。而各有其为，今取一半之身而剖之为两，则饮龁之生即谢，任重之为不分，又何得以刀之为利。譬形之与神邪，来论谓刀之与利，即形之有神，刀则举体是一利，形则举体是一神。神用于体则有耳目手足之别，手之用不为足用，耳之用不为眼用，而利之为用，无所不可，亦可断蛟蛇，亦可截鸿雁，非一处偏可割东陵之瓜，一处偏可割南山之竹。若谓利之为用，亦可得分，则足可以执物，眼可以听声矣。若谓刀背亦有利，两边亦有利。但未锻而铦之耳。利若遍施四方，则利体无处复立，形方形直，并不得施利，利之为用，正存一边毫毛处耳。神之与形，举体若合，又安得同乎，刀若举体是利，神用随体则分。若使刀之与利，其理若一，则胛下亦可安眼，背上亦可施鼻可乎？不可也。若以此譬为尽邪，则不尽；若谓本不尽邪，则不可以为譬也。若形即是神，神即是形，二者相资，理无偏谢，则神亡之日，形亦应消。而今有知之神亡，无知之形在，此则神本非形，形本非神，又不可得强令如一也。若谓总百体之质谓之形，总百体之用谓之神。今百体各有其分，则眼是眼形，耳是耳形，眼形非耳形，耳形非眼形。则神亦随百体而分，则眼有眼神，耳有耳神，耳神非眼神，神眼非耳神也。而偏枯之体，其半已谢，已谢之半，事同木石。譬彼僵尸，永年不朽，此半同灭，半神既灭，半体犹存，形神俱谢，弥所骇惕。若夫二负之尸，经亿载而不毁，单开之体，尚余质于罗浮，神形若合，则此二士，不应神灭而形存也。来论又云,欻而生者欻而灭者,渐而生者渐而灭者,试借子之冲,以攻子之城,渐而灭谓死者之形骸,始乎无知而至于朽烂也。若然则形之与神本为一物,形既病矣,神亦告病,形既谢矣,神亦云谢。渐之为用,应与形俱,形以始亡末朽为渐,神独不得以始末为渐邪?来论又云,生者之形骸,变为死者之骨骼。按如来论,生之神明,生之形骸,既化为骨骼矣。则生之神明,独不随形而化乎?若附形而化,则应与形同体。若形骸即是骨骼,则死之神明,不得异生之神明矣,向所谓死,定自未死也。若形骸非骨骼,则生神化为死神。生神化为死神,即是三世,安谓其不灭哉?神若随形,形既无知矣。形既无知,神本无质,无知便是神亡,神亡而形在,又不经通。若形虽虽无知,神尚有知,形神既不得异,则向之死形,翻复非枯木矣。

史称"谢玄晖善为诗,任彦昇工于笔,约兼而有之,然不能过也"。当时以诗赋俪辞为文,以质实直书者为笔,约盖兼文笔之长者也。今再选沈约文二首于下,以见当时文体之严。

修竹弹甘蕉文

长兼淇园贞干臣修竹稽首:臣闻芟夷蕴崇,农夫之善法。无使滋蔓,蔚恶之良图。未有蠹苗害稼,不加穷伐者也!

切寻苏台前甘蕉一丛，宿渐云露，荏苒岁月，擢木盈寻，垂荫含丈。阶缘宠渥，铨衡百卉。而予夺乖爽，高下在心，每叨天功，以为己力。风闻籍听，非复一涂，犹谓爱憎异说，所以挂乎严网。

今月某日，有台西阶泽兰、萱草，到园同诉，自称："虽惭杞梓，颇异蒿蓬，阳景所临，由来无隔。今月某日，巫岫敛云，秦楼开照，乾光弘普，罔幽不瞩。而甘蕉攒茎布影，独见障蔽！虽处台隅，遂同幽谷。"臣谓偏辞难信，敢察以情，登摄甘蕉左近杜若江篱，依源辨覆。两草各处，异列同款，既有证据，羌非风闻。

切寻甘蕉，出自药草，本无芬馥之香，柯条之任，非有松柏后凋之心，盖阙葵藿倾阳之识。冯借庆会，稽绝伦等，而得人之誉靡即，称平之声寂寞，遂使言树之草，忘忧之用莫施；无绝之芳，当门之弊斯在。妨贤败政，孰过于此？而不除戳，宪章安用？请以见事，徒根翦叶，斥出台外，庶惩彼将来，谢此众屈。

宋书谢灵运传论

　　史臣曰：民禀天地之灵，含五常之德，刚柔迭用，喜愠分情。夫志动于中，则歌咏外发，六义所因，四始攸系，升降讴谣，纷披风什。虽虞夏以前，遗文不睹，禀气怀灵，理无或异。然则歌咏所兴，宜自生民始也。

　　周室既衰，风流弥著，屈平宋玉，导清源于前，贾谊相如，振芳尘于后。英辞润金石，高义薄云天。自兹以降，情志愈广。王褒刘向扬班崔蔡之徒，异轨同奔，递相师祖。虽清辞丽曲，时发乎篇，而芜音累气，固亦多矣。若夫平子艳发，文以情变，绝唱高踪，久无嗣响。至于建安，曹氏基命，三祖陈王咸蓄盛藻，甫乃以情纬文，以文被质。

　　自汉至魏，四百余年，辞人才子，文体三变。相如工为形似之言，二班长于情理之说，子建仲宣以气质为体。并摽能擅美，独映当时。是以一世之士，各相慕习，源其飙流所始，莫不同祖风骚。徒以赏好异情，故意制相诡。

　　降及元康，潘陆持秀，律异班贾，体变曹王，缛旨星稠，繁文绮合。缀平台之逸响，采南皮之高韵，遗风余烈，事极江右。在晋中兴，玄风独扇，为学穷于柱下，博物止乎七篇。驰骋文辞，义殚乎此。自建武暨于义熙，历载将百，虽比响联辞，波属云委，莫不寄言上德，托意玄珠，遒丽之辞，无闻焉耳。

仲文始革孙许之风，叔源大变太元之气。

爰逮宋氏，颜谢腾声，灵运之兴会标举，延年之体裁明密，并方轧前秀，垂范后昆。若夫敷衽论心，商榷前藻，工拙之数，如有可言。夫五色相宣，八音协畅，由乎玄黄律吕，各适物宜。欲使宫羽相变，低昂舛节，若前有浮声，而后须切响。一简之内，音韵尽殊；两句之中，轻重悉异。妙达此旨，始可言文。至于先士茂制，讽高历赏，子建函京之作，仲宣灞岸之篇，子荆零雨之章，正长朔风之句，并直举胸情，非傍诗史，正以音律调韵，取高前式。自灵均以来，多历年代，虽文体稍精，而此秘未睹。至于高言妙句，音韵天成，皆暗与理合，匪由思至。张蔡曹王，曾无先觉，潘陆颜谢，去之弥远。世之知音者有以得之，此言非谬。如曰不然，请待来哲。

观此所选沈文三首，《难神灭论》纯乎笔者也；《弹甘蕉文》，纯乎文者也；《谢灵运传论》介于文与笔之间者也。《难神灭论》专主乎理胜，言贵精刻，无取乎华辞，故宜乎笔也；《弹甘蕉文》，乃寓意抒情之作，味贵深长，不宜过于质直，故宜乎文也；至于《灵运传论》，意在论文，直抒胸臆，故贵乎文笔之间也。六朝文人，明于文章之体用如此，岂可以宗师唐宋古文之故，而遂尽斥六朝文为靡丽哉？

第五节　写景派之散文

六朝散文最放异彩而为前此所绝少者，尚有写景之文焉。吾国写景之诗甚早，诗三百篇中已甚多有，而写景之文则屈宋之韵文以外，周秦诸子，亦颇少见。两汉散文，则以论事记事为最优，写景文则唯东汉马第伯《封禅仪记》为最善。《石遗室论文》曰："东汉马第伯《封禅仪记》，记光武封泰山事，为古今杂记中奇伟之作。原书已亡，后人据《续汉志》《水经注》《北堂书钞》《艺文类聚》《初学记》《白孔六帖》《太平御览》诸书所引，采缉成编，但以意为先后，中必有残阙失次处，未遑细考，故往往难于句读；然无碍于其文之佳也。中一大段云：至中观，去平地二十里，南向极望无不睹。仰望天关，如从谷底邵观抗峰；其为高也如视浮云；其峻也石壁窅窱，如无道径；遥望其人，端端如杆升，或以为小白石，或以为冰雪，久之白者移过树，乃知是人也；殊不可上，四布僵卧石上，有顷复苏，亦赖斋酒脯，处处有泉水，目辄为之明；复勉强相将，行到天关，自以已至也；问道中人，言尚十余里；其道旁山胁，大者广八九尺，狭者五六尺；仰视岩石松树，郁郁苍苍，若在云中；俯视溪谷，碌碌不可见丈尺；遂至天门之下，仰视天门，窔辽如从穴中视天；直上七里，赖其羊肠逶迤，名曰环道，往往有絙索，可得而登也；两从者扶掖，前人相牵，后人见前人履底，前人见后人项，如画重累人矣；所谓磨胸捾石扪天之难也。初上此道，行十余步一休，稍疲，咽唇焦，五六步一休，蹀蹀据顿地，不避泾暗，前有焕地，目视而两脚不随。皆摹写逼肖处。"

迄乎魏晋六朝，写景之诗赋日工，而写景之散文则亦日进矣。于晋则有庐山诸道人《游石门诗序》，宋晋之间则陶渊明之《桃花源记》，齐代有陶弘景，梁有吴均，北魏则郦道元之《水经注》，尤为巨制焉。

《南史·隐逸传》，"陶弘景，字通明，丹阳秣陵人也；幼有异操，得葛洪神仙传昼夜研寻便有养生之志；止于句容之句曲山。《一百三家集》有《陶隐居集》一卷"。

《南史·文学传》，"吴均字叔庠，吴兴故鄣人也；家世贫贱，至均好学，有俊才。文体清拔，好事者效之。谓为吴均体"。《一百三家集》有《吴朝清集》一卷。

《北史·酷吏传》，"郦道元，字善长，范阳人也；历览奇书，撰注《水经》四十卷，《本志》十三篇，又为《七聘》及诸文，皆行于世"。

游石门诗序

庐山诸道人

石门在精舍南十余里，一名障山。基连大岭，体绝众阜，辟三泉之会，并立而开流。倾岩玄映其上，蒙形表于自然，故因以为名。此虽庐山之一隅，实斯地之奇观，皆传之于旧俗，而未睹者众。将由悬濑险峻，人兽迹绝，径回曲阜，路阻行难，故罕经焉。

　　释法师以隆安四年，仲春之月，因咏山水，遂杖锡而游。于时交徒同趣三十余人，咸拂衣晨征，怅然增兴。虽林壑幽邃，而开涂竞进；虽乘危履石，并以所悦为安。既至则援木寻葛，历险穷崖，猿臂相引，仅乃造极。于是拥胜倚岩，详观其下，始知七岭之美，蕴奇于此。双阙对峙其前，重岩映带其后；峦阜周回以为障，崇岩四营而开宇。其中有石台石池宫馆之象，触类之形，致可乐也。清泉分流而合注，渌渊镜净于天池。文石发彩，焕若披面；柽松芳草，蔚然光目。其为神丽，亦已备矣。斯日也众情奔悦，瞩览无厌。游观未久，而天气屡变。霄雾尘集，则万象隐形；流光回照，则众山倒影。开辟之际，状有灵也，而不可测也。乃其将登则翔禽拂翮，鸣猿厉响。归云回驾，想羽人之来仪；哀声相和，若玄音之有寄。虽仿佛犹闻，而神以之畅；虽乐不期欢，而欣以永日。当其冲豫自得，信有味焉，而未易言也。

　　退而寻之：夫崖谷之间，会物无主，应不以情，而开兴引人，致深若此，岂不以虚明朗其照，闲邃笃其情耶？并三复斯谈，犹昧然未尽。俄而太阳告夕，所存已往，乃悟幽人之玄览，达恒物之大情，其为神趣，岂山木而已哉！于是徘徊崇岭，流目四瞩，九江如带，邱阜成垤。因此而推，形有巨细，智亦宜然。乃喟然叹宇宙虽遐,古今一契,灵鹫邈矣。荒途日隔,不有哲人。风迹虽存,应深悟远。慨焉长怀!各欣一遇之同欢,感良辰之难再。情发于中,遂共咏之云尔。

桃花源记

陶渊明

晋太元中,武陵人捕鱼为业,缘溪行,忘路之远近,忽逢桃花林。夹岸数百步,中无杂树,芳草鲜美,落英缤纷。渔人甚异之。复前行,欲穷其林。

林尽水源,便得一山。山有小口,仿佛若有光。便舍船从口入。初极狭,才通人;复行数十步,豁然开朗。土地平旷,屋舍俨然,有良田美池桑竹之属,阡陌交通,鸡犬相闻。其中往来种作,男女衣著,悉如外人;黄发垂髫,并怡然自乐。

见渔人乃大惊,问所从来,具答之。便要还家,设酒杀鸡作食。村中闻有此人,咸来问讯。自云先世避秦时乱,率妻子邑人,来此绝境,不复出焉;遂与外人间隔。问今是何世。乃不知有汉,无论魏晋。此人一一为具言,所闻皆叹惋。余人各复延至其家,皆出酒食。停数日,辞去。此中人语云:"不足为外人道也。"

既出,得其船,便扶向路,处处志之。及郡下,诣太守说如此。太守即遣人随其往，寻向所志，遂迷不复得路。南阳刘子骥，高尚士也，闻之欣然规往。未果，寻病终。后遂无问津者。

答谢中书书

陶弘景

　　山川之美，古来共谈。高峰入云，清流见底。两岸石壁，五色交辉。青林翠竹，四时俱备。晓雾将歇，猿鸟乱鸣；夕日欲颓，沉鳞竞跃。实是欲界之仙都。自康乐以来，未复有能与其奇者。

与宋元思书

吴均

　　风烟俱净，天山共色，从流飘荡，任意东西。自富阳至桐庐一百许里，奇山异水，天下独绝。水皆缥碧，千丈见底；游鱼细石，直视无碍。急湍甚箭，猛浪若奔。夹岸高山，皆生寒树，负势竞上，互相轩邈，争高直指，千百成峰。泉水激石，泠泠作响；好鸟相鸣，嘤嘤成韵。蝉则千转不穷，猿则百叫无绝。鸢飞戾天者望峰息心；经纶世务者窥谷忘反。横柯上蔽，在昼犹昏；疏条交映，有时见日。

巫峡

水经注

　　自三峡七百里中，两岸连山，略无阙处。重岩叠嶂，隐天蔽日。自非停午夜分，不见曦月。

　　至于夏水襄陵，沿溯阻绝。或王命急宣，有时早发白帝，暮宿江陵。其间千二百里，虽乘奔御风，不以疾也。

　　春冬之时，则素湍绿潭，回清倒影。绝巘多生怪柏，悬泉瀑布，飞漱其间。清荣峻茂，良多趣味。

　　每至晴初霜旦，林寒涧肃。常有高猿长啸，属引凄异，空谷传响，哀转久绝。

　　凡此皆可见六朝人写景文之工美矣。《石门诗序》颇与《兰亭序》气格相同，文体在乎骈散之间。《桃花源记》则无骈文气味，纯乎散文矣。《水经注》文笔清隽，与陶弘景吴均一派为近，骈多于散者也。后之古文家惟柳宗元诸记为最优，化骈为散者也。

古文极盛时代之散文 唐宋

第一章 总论

　　凡事盛极必衰，矫枉者必过正，此必然之势也。文至六朝而骈俪极盛矣。诚如沈休文谢灵运传论所谓"五色相宣，八音协畅，由乎玄黄律吕，各适物宜，欲使宫羽相变，低昂舛节：若前有浮声，则后须切响，一简之内，音韵尽殊，两句之中，轻重悉异，妙达此旨，始可言文"者。由齐梁以至于初唐，益骈俪日甚矣。故北周有苏绰之复古，北齐有颜之推之折衷，隋文帝时有李谔上书云："臣闻古贤哲王之化人也，必变其视听，防其嗜欲，塞其邪放之心，示以淳和之路。五教六行，为训人之本；《诗》《书》《礼》《易》，为道义之门。故能家复孝慈，人知礼让；正俗调风，莫大于此。其有上书献赋，制诔镌铭，皆以褒德序贤，明勋证理。苟非惩劝，义不徒然。降及后代，风教渐落。江左齐梁，其弊弥甚。贵贱贤愚，唯务吟咏；遂遗理存异，寻虚逐微，竞一韵之奇，争一字之功。连篇累牍，不出月露之形；积案盈箱，唯是风云之状。世俗以此相高；朝廷据兹擢士。禄利之路既开；爱尚之情愈笃。于是闾里童昏，贵游总卝，未窥六义，先制五言。至如羲皇舜禹之典，伊傅周孔之说，不复关心，何尝入耳？以傲诞为清虚，以缘情为勋绩，指儒素为古拙，用诗赋为君子。故文笔日繁，其政日乱。良由弃大圣之规模，构无用以为用也。"而王通之《文中子·事君篇》，亦云："子谓荀悦，史乎史乎！谓陆机，文乎文乎！皆思过半矣。子谓文士之行可见：谢灵运小人哉！其文傲，君子则谨。沈休文小人哉！其文冶，君子则典。鲍昭、江淹古之狷者也，其文急以怨。吴筠、孔珪古之狂者也，其文怪以怒。谢庄、王融古之纤人也？其文碎。徐陵、庾信古之夸人也，其文诞。或问孝绰兄弟？子曰：鄙人也，其文淫。或问湘东王兄弟？子曰：贪人也，其文繁。谢朓浅人也，其文捷。江摠诡人也，其文虚。皆古之不利人也。子谓颜延之王俭任昉，有君子之心焉，其文约以则。"又曰："君子哉思王也，其文深以典。房玄龄问史。子曰：古之史也辩道；今之史也耀文。问文？子曰：古之文也约以达；今之文也繁以塞。"此皆六朝时代为文学者反今复古之言论，而为唐代古文派之先驱者也。迄至有唐，陈子昂、萧颖士、李华、元结辈出，益渐为复古之说；而元结尤毅然独立。韩柳以前工为古文者，元结其最者已。

虽然所谓古文者，非真复古，摹拟古人之谓也。去六朝之排偶声律及其秾丽，而一复两汉之淳朴与其奇偶并用之自由而已。若句摹篇拟，陈陈相因，正古文家之大戒也。韩退之云：惟陈言之务去。又云：能者非他，能自树立，不因循者皆是也。皆贵创作戒摹仿之言。

自韩、柳诸古文家未兴之前，无所谓古文也。为文者皆随时尚而已。自韩、柳盛倡古文，李翱、孙樵之徒继之，至宋而欧阳、王、曾、三苏六家出，而古文之道益尊。自是以后，骈文古文遂判为二涂。其尊古文之甚者，且卑视骈文以为不得与于文之例矣。故此时代，可谓之古文极盛之时代。

第二章　古文极盛时代之散文

第一节　古文家先锋元结之散文

唐人倡为古文，早于韩柳，而成就甚伟者，莫如元结。结字次山，河南人。《新唐书》云："少不羁，十七乃折节向学，事元德秀。"《四部丛刊》影印明正德本《元次山集》十卷，附《拾遗》。湛若水序其集云："夫太上有质而无文，其次有质而有文，其次文浮其质。文浮其质，道之敝也。故林放问礼之本，孔子大之。物之生也先质而后文。故质也者生乎天者也；文也者生乎人者也。质也者先天而作者也；文也者后天而述者也。故人之于斯文也，不难于文而难于质；不难于华而难于朴；不难于巧而难于拙。余自北游观艺于燕冀之都，得元子而异焉，欲质不欲野，欲朴不欲陋，欲拙不欲固，卓然自成其家者也。"《四库全书总目》，亦谓"结颇近于古之狂。然制行高洁，而深抱闵时忧国之心。文章戛戛自异，变排偶绮靡之习。杜甫尝和其《舂陵行》，称其可为天地万物吐气，晁公武谓其文如古钟磬，不谐俗耳，高似孙谓其文章奇古，不蹈袭。盖唐文在韩愈以前，毅然自为者自结始，亦可谓耿介拔俗之姿矣。皇甫湜尝题其《浯溪中兴颂》曰：次山有文章，可惋只在碎；然长于指叙，约结有余态；心语适相应，出句多分外；于诸作者间，拔戟成一队。其品题亦颇近实也"。柱尝以谓韩柳散文，纯为文集习气；次山之作，则尚有子书之遗。近人章炳麟之文颇出于此。次山言论文，多嫉时怼俗，今录其《时化》一首如下：

时化

　　元子闻浪翁说化化无穷极，因论谕曰：翁亦未知时之化也多于此乎。曰：时焉何化？我未之记。元子曰：於戏，时之化也；道德为嗜欲，化为险薄；仁义为贪暴，化为凶乱；礼乐为耽淫，化为侈靡；政教为烦急，化为苛酷。翁能记于此乎？时之化也，夫妇为溺惑所化，化为犬豕；父子为悖欲所化，化为禽兽；兄弟为猜忌所化，化为雠敌；宗戚为财利所化，化为行路；朋友为世利所化，化为市儿。翁能记于此乎？时之化也，大臣为威权所恣，忠信化为奸谋；庶官为禁忌所拘，公正化为邪佞；公族为猜忌所限，贤哲化为庸愚；人民为征赋所伤，州里化为祸邮；奸凶为恩幸所迫，厮皂化为将相。翁能记于此乎？时之化也，山泽化为井陌，或曰尽于草木；原野化为狌狂，或曰殚于鸟兽；江湖化为鼎镬，或曰暴于鱼鳖；祠庙化为官寝，或曰数于祠祷。翁能记于此乎？时之化也，情性为风俗所化，无不作狙狡诈诳之心；声呼为风俗所化，无不作谄媚僻淫之乱；颜容为风俗所化，无不作奸邪蹙促之色。翁能记于此乎？

次山记事文尤简古有法，兹录其《大唐中兴颂序》如下：

中唐中兴颂序

天宝十四载，安禄山陷洛阳，明年陷长安，天子幸蜀。太子即位于灵武，明年皇帝移军凤翔，其年复两京，上皇还京师。于戏，前代帝王有盛德大业者必见于歌颂。若今歌颂大业，刻之金石，非老于文学，其谁宜为。

《石遗室论文》云："唐承六朝之后，文皆骈俪。至韩柳诸家出，始相率为散体文。号称起衰复古。然元次山结杜子美甫已尝为之。次山《大唐中兴颂序》最工，盖学《左氏传》而神似者。《左传》中最有法度而无一长语者莫如开卷先经起例五十余言，云："惠公元妃孟子。孟子卒，继室以声子，生隐公。宋武公生仲子。仲子生而有文在其手，曰：为鲁夫人。故仲子归于我，生桓公而惠公薨。是以隐公立而奉之。"首言元妃孟子，元妃正夫人，孟子子姓。宋国长女。古者诸侯嫁女于他国，以侄娣从，以备妾媵，故有孟子遂有声子。孟子卒，故以声子为继室。古者继室非正夫人，《左传》齐少姜为晋侯继室，其证也。隐公继室子，本非太子；无太子则立之，有太子则不得立；适宋武公又生仲子，而有为鲁夫人之手文，此特别异兆，宋鲁两国君皆信之，故归惠公而为正夫人（诸侯不再娶此变礼也）其子桓公，虽少当立，故复由仲之生叙起。妇人为嫁曰归，言其归于我，明其为嫁而非媵也。桓公既生，惠公遂薨，桓公幼，隐公于是乎摄位，一如周公摄成王故事。周公居摄，郑氏说以为摄位，非仅摄政也。此传五十余字中，所叙之人凡七：曰惠公、曰孟子、曰声子、曰隐公、曰宋武公，曰仲子、曰桓公；其名号凡三，曰元妃、曰继室、曰鲁夫人。子以母贵。母之名正，其子之贵贱自明。其生卒凡五，曰孟子卒，曰生隐公，曰生仲子，曰桓公生，曰惠公薨，举鲁宋两国数十年之夫妇妻妾父子兄弟父女姊妹谱系，朗若列眉，可谓简而有法矣。元次山序云："天宝十四年，安禄山陷洛阳，明年陷长安，天子幸蜀。太子即位于灵武。明年皇帝移京凤翔，其年复两京，上皇还京师。"仅四十余字，凡言年者四，曰十四年，曰明年者二，曰其年者一；言地者七，曰洛阳，曰长安，曰蜀，曰灵武，曰凤翔，曰两京，曰京师；其人二而名号四，曰天子，曰太子，太子即位而称皇帝矣，既有皇帝而向之天子，称上皇矣。其名称之郑重分明，非《左传》称元妃继室鲁夫人之义法乎。善学者之异曲同工如此。又案《左传》与次山此序，即孔子正名之义，否则名不正而言不顺也。尚有前于《左传》者，《仪礼》周公所作，观于士昏礼，婿在家，初称主人；（注主人婿也，婿为妇主）至女氏亲迎则称宾；至御妇车则称婿；乘其车先亦称婿；妇至揖妇以入，则又称主人；入于室乃称夫；以后乃皆称主人；女在女氏（立于房中南面时）称女；至奠雁时则称妇；（由婿称之也）以后婿御妇，车妇乘以几，妇至，揖妇以入，妇尊西南面等，到底称妇矣。（昏礼以婿家为主也）《公羊传》女在其国称女，在涂称妇，入国称夫人，即此义。作文所以贵通经也。"

第二节　古文大家韩柳之散文

　　唐之古文，至韩柳而大盛。论唐之古文，不能不数韩柳；犹论汉之史家，不能不数马班；论战代之辞赋，不能不数屈宋也。

　　《新唐书》云："韩愈字退之，邓州南阳人，生三岁而孤，随伯兄会贬官岭表，会卒，嫂郑鞠之。愈自知读书，日记数百千言，比长尽能通六经百家学。性明锐，不诡随，与人交，始终不少变。成进士后，往往知名；经愈指授，皆称韩门弟子。每言文章自汉司马相如太史公刘向扬雄后,作者不世出;故愈探本元,卓然树立,成一家言。其《原道》《原性》《师说》等数十篇,皆奥衍宏深,与孟轲扬雄表里,而佐佑六经云。至它人造端置辞,要为不蹈袭前人者,然惟愈为之沛然若有余。至其徒李翱李汉皇甫湜从而效之,遽不及远甚。从愈游者若孟郊张籍,亦皆自名于时。"《四部丛刊》影印元刊有朱文公校《昌黎先生文集》四十卷,《外集》十卷,《遗文》一卷。

柱尝谓韩退之之文,可分为三类。其一为文从字顺各识职,此如五原及《答李翊书》《与孟尚书书》之类,皆理足辞充,沛然莫御,故语不必求奇,字不必求险,而文义深粹,自为杰作,所谓诚于中形于外者也;此从孟子得来,韩文此类于文为最高。其二则怪怪奇奇佶屈聱牙,此如碑铭诸作,凡誉墓之文多属之。言之既多无物,故不能不雕辞琢句以险怪为工;此从汉碑得来,世人称韩文者多以此类,而亦多昧其本原。其三为实用类,此如《黄家贼事宜状》《论淮西事宜状》之类,期在时人通晓,不欲以文传世,而文亦甚工;此从魏晋得来,魏晋言事奏疏,亦多绝去华辞也。后世实用之文最宜法此。文各有体,浅深各异,不可一律,观昌黎之文,各殊其体,岂非深知文之体用者乎?吾尝见今人有上书当道,而效法汉人所为封禅典引之文句,自以为足以颉颃昌黎者,岂非不知文体之尤者乎?

答李翊书

　　六月二十六日愈白,李生足下:生之书辞甚高,而其问何下而恭也。能如是,谁不欲告生以其道?道德之归也有日矣,况其外之文乎?抑愈所谓望孔子之门墙而不入于其宫者,焉足以知是且非邪?虽然不可不为生言之。

　　生所谓"立言"者是也;生所为者与所期者甚似而几矣。抑不知生之志蕲胜于人而取于人邪?将蕲至于古之立言者邪?蕲胜于人而取于人,则固胜于人而可取于人矣!将蕲至于古之立言者,则无望其速成,无诱于势利,养其根而俟其实,加其膏而希其光。根之茂者其实遂,膏之沃者其光晔。仁义之人其言蔼如也。

　　抑又有难者。愈之所为,下自知其至犹未也;虽然学之二十余年矣。始者非三代两汉之书不敢观,非圣人之志不敢存。处若忘,行若遗,俨乎其若思,茫乎其若迷。当其取于心而注于手也,惟陈言之务去,戛戛乎其难哉!其观于人,不知其非笑之为非笑也。如是者亦有年,犹不改。然后识古书之正伪,与虽正而不至焉者,昭昭然白黑分矣,而务去之,乃徐有得也。

　　当其取于心而注于手也,汩汩然来矣。其观于人也,笑之则以为喜,誉之则以为忧,以其犹有人之说者存也。如是者亦有年,然后浩乎其沛然矣。吾又惧其杂也,迎而距之,平心而察之，其皆醇也，然后肆焉。虽然不可以不养也，行之乎仁义之途，游之乎诗书之源，无迷其途，无绝其源，终吾身而已矣。

气水也，言浮物也。水大而物之浮者大小毕浮。气之与言犹是也，气盛则言之短长与声之高下者皆宜。虽如是其敢自谓几于成乎？虽几于成其用于人也奚取焉？虽然待用于人者其肖于器邪？用与舍属诸人，君子则不然。处心有道行己有方，用则施诸人，舍则传诸其徒，垂诸文而为后世法。如是者其亦足乐乎？其无足乐也。

有志乎古者希矣。志乎古必遗乎今。吾诚乐而悲之。亟称其人，所以劝之，非敢褒其可褒，而贬其可贬也。问于愈者多矣，念生之言，不志乎利，聊相为言之。愈白。

《石遗室论文》云："《答李翊书》，乃自道其文字得力所在，用蕲至于古之立言者，须合《进学解》参观之，乃得韩文真相。而皇甫湜所撰《韩文公墓志铭》，不免推崇太过；李翱所撰《行状》，于文章第浑括数语，未详其工力所自也。昌黎天资近钝，而毕生致功至深，其云'无望其速成'至'其观于人不知其非笑之为非笑也，如是者有年'，皆困勉实在情形，并非故作谦言。其言'养其根而俟其实，加其膏而希其光，根之茂者其实遂，膏之沃者其光晔'，即《进学解》之'贪多务得，细大不捐，沉浸酿郁，含英咀华，作为文章，其书满家，上规姚姒，浑浑无涯。《周诰》《殷盘》，佶屈聱牙，《春秋》谨严，《左氏》浮夸，《易》奇而法，《诗》正而葩,下逮《庄》《骚》,太史所录,子云相如,同工异曲';皇甫湜所谓'及其酣放,豪曲快字,陵纸怪发,鲸铿春丽,惊耀天下';李翱所谓'深于文章,每以为自扬雄之后,作者不出,其所为文,未尝效前人之言,而固与之并'者也。盖昌黎虽倡言复古,起八代骈俪之衰;然实不欲空疏固陋,文以艰深,注意于相如子云,是其本旨。其云'识古书之正伪',至'其皆醇也,然后肆焉',又云:'气水也,言浮物也'至'气盛则言之短长与声之高下者皆宜',即《进学解》所谓'记事者必提其要,纂言者必钩其元。张皇幽眇,寻坠绪之茫茫,独旁搜而远绍,障百川而东之,回狂澜于既倒';皇甫湜所谓'茹古涵今,无有端涯,浑浑灏灏,不可窥校';李翱《祭韩侍郎文》所谓'拨去其华,得其本根,开合怪骇,驱涛拥云'者也。其'气水也,言浮物也'数语,譬喻曲肖,作散文者断莫能外。盖多读书,多见事,理足而识见有主,然后下笔吐辞之际,浅深反正,四通八达,百折不离其宗,如山之有脉,如水之有源,如木之有本;则峰峦之高下,港汊之短长,枝叶之疏密,无不有自然之体势。苏诗所谓一一皆可寻其源者也。昌黎专喻以水,则求其造语之妙,言气而未言理耳。言气而理亦在其中,此即韩文之短长高下皆宜处。必兼言理则质实而乏语妙矣。"

韩退之之文,多原本经子史。柱作《札韩》《证韩》诸篇,于韩文之本原疏证甚详,文繁今不录。今人李澍读吾书而来书商论云:"昔人尝谓韩文杜诗无一字无来历,论韩文之来历,昌黎于《进学解》已一一自述之矣。然其奥词强句,取材于诸子百家而出于自述之外者，亦复不少。惟力争上流，取其材而不循其辙，故不见有诸子之驳杂，第见其正大光明，有泰山岩岩之气象耳。今得执事《证韩篇》悉心披露，真乃金针度人。然弟亦有一说焉。韩文《黄陵庙碑》，用训诂体，似注疏；《河南府同官记》造吉祥语，如《易林》；《送李愿归盘谷序》，如包公理《乐志论》；《送廖道士序》，含伯益《山海经》；《燕喜亭记》，似践阼之十七铭；《科斗书记》，括《说文》之九千字；《偃王碑》之写恢奇，引《穆天子传》；贺表等之述功德，效《峄山碑文》；《送穷文》，同扬子之《逐贫》；《讼风伯》，仿子建之《诘咎》；《祭柳子厚文》，则运用庄列；《送孟东野序》，则发源《梓人》；《送幽州李端公序》，则摹拟《曲台记》；到《潮州任上谢表》则点窜《封禅书》；《与李翊书》，执事以为本于《庄子》，诚是矣，然其大旨实从《孟子》知言养气二节生出；《原道》古之时一段，执事谓本于《墨子》，亦是矣，然其主意即从孟子辟许行并耕答公都子问好辨二章脱化。盖其读三代两汉之书，含英咀华，倾芳沥液，发而为文，故一篇之内，层见叠出，有数处相似；一段之中，参伍错综，有数语相似；既不可捉摸，亦难以枚举。至于老泉之《张方平画像记》，似韩文之《郓州谿堂诗序》；永叔之与《张秀才第二书》，似韩文之《原道》；子固《颜鲁公祠堂记》，如《伯夷颂》之峭折；李翱《复性书》，同《五原篇》之深远；则又薪尽火传，启发后人不少矣。可见前贤为文，未尝不互相规仿，正不独子厚《韦使君新堂记》之取语取法于《庄子·胠箧篇》；庐陵《醉翁亭记》之落句取法于《易经·杂卦篇》也。

窃谓人之不能为文,多苦于记性之不强,苟能将古人数百卷之书,博观而慎取,融会而贯通。上者师其意,下者师其词,未有不能为文者。若其高下浅深之故,亦仍视其胸中所得为如何耳。"李君之说,而可谓深知原委者。

昌黎记事文之最工者为《画记》,兹录之如下,以见其体。

画记

杂古今人物小画共一卷。骑而立者五人,骑而被甲载兵立者十人。一人骑执大旗前立,骑而被甲载兵且下牵者十人。骑且负者二人,骑执器者二人,骑拥田犬者一人,骑而牵者二人,骑而驱者三人,执羁靮立者者二人,骑而下骑马臂隼而立者一人,骑而驱涉者二人,徒而驱牧者二人,坐而指使者人,甲胄手弓矢铁钺植者七人,甲胄执帜植者十人,负者七人,偃寝休者二人,甲胄坐睡者一人,方涉者一人,坐而脱足者一人,寒附火者一人,杂执器物役者八人,奉壶矢者一人,舍而具食者十有一人,把且注者四人,牛牵者二人,驴驱者四人,一人杖而负者,妇人以孺子载而可见者六人,载而上下者三人,孺子戏者九人。凡人之事三十有二,为人大小百二十有三,而莫有同者焉。马大有九匹,于马之中又有上者、下者、行者、牵者、涉者、陆者、翘其顾者、鸣者、寝者、讹者、立者、人立者、龁者、饮者、溲者、陟者、降者、痒磨树者、嘘者嗅者、喜相戏者、怒相蹄啮者、秣者、骑者、骤者、走者、载服物者、载狐兔者，凡马之事二十有七，为马大小八十有三而莫有同者焉。牛大小十一头，橐驼三头，驴如橐驼之数而加其一焉，隼一。犬、羊、狐、兔、麋、鹿共三十，旃车三两，杂兵器、弓矢、旌旗、刀剑、矛楯、弓服、矢房、甲胄之属，瓶、盂、簦、笠、筐、筥、锜、釜饮食服用之器，壶矢博奕之具，二百五十有一，皆曲极其妙。贞元甲戌年，余在京师，甚无事。同居有独孤生申叔者，始得此画，而与余弹棋。余幸胜而获焉，意甚惜之，以为非一工人之所能运思，盖蒇集众工人之所长耳。虽百金不愿易也，明年出京师，至河阳与二三客论画品格，因出而观之，座有赵侍御者，君子人也，见之戚然，若有感然。少而进曰，噫，余之手摸也。亡之且二十年矣。余少时常有志乎兹事，得国本，绝人事而摸得之，游闽中而丧焉。居闲处独，时往来余怀也，以其始为之劳而夙好之笃也。今虽遇之，力不能为之，且命工人存其大都焉。余既甚爱之，又感赵君之事，因以赠之，而记其人物之形状与数而时观之，以自释焉。

吴曾祺云："古之善状物者，首推《周官·考工记》一篇，每举一物而人之未及见者不啻口视手摹而心知其意；而用字之古雅，可为后来词学家之祖。此书虽不出周公之手，然必汉世之通人，决无疑议。他如《内则》之善言食品，《投壶》之详载艺事，亦庶几焉。

后之能仿而为者不可多见，惟韩文公《画记》一篇，学者推之，以为从《考工记》脱出。以余所览，今人文集绝少此种题目，岂匿其短而不之作耶？若明人归有光之《石记》，其末段作形况之词。盖自知力所不及，而欲以偏师取胜。惟魏学洢之《核舟记》最为工绝；次则国朝（指清朝）人薛福成之《观巴黎油画记》，亦略得其大意。"

  《石遗室论文》云："韩退之《画记》方望溪以为周人以后无此种格力。然望溪亦未言与周文何者相似也。案退之此记，直叙许多人物，从《尚书·顾命》脱化出来。《顾命》云：'二人雀弁执惠，立于毕门之内，四人綦弁，执戈上刃夹两阶戺，一人冕执刘，立于东堂，一人冕执钺，立于西堂，一人冕执戣，立于东垂，一人冕执瞿，立于西垂，一人冕执锐，立于侧阶。'中间一段又从《考工记·梓人职》脱化出来。《梓人职》云：'天下之大兽五，脂者膏者裸者羽者鳞者，又外骨，内骨，却行，仄行，连行，纡行，以脰鸣者，以注鸣者，以旁鸣者，以翼鸣者，以股鸣者，以胸鸣者，谓之小虫之属。'又其于数累累数有言，如记帐簿，不畏人议其冗长者，又从《史记·曹世家》专叙攻城下邑之功，如记帐簿，千余言，皆平铺直叙，惟用两三处小结束。如尽定魏地凡五十二城，定齐凡得七十余县，末云凡下二国，县一百二十二，得王二人，相三人，将军六人，大莫敖郡守司马侯御史各一人。退之学而变化之，何尝必周以前哉？"

  与韩退之同时而文名差相埒者有柳宗元。宗元字子厚，韩昌黎《柳子厚墓志铭》云："子厚少精敏，无不通达。逮其父时，虽少年，已自成人，能取进士第，崭然见头角，众谓柳氏有子矣。其后以博学宏词授集贤正字，俊杰廉悍，议论证据今古，出入经史子，踔厉风发，率常屈其座人，名声大振，一时皆慕与之友，诸公要人争欲令出我门下，交口荐誉之。"又云："居闲益自刻苦，务记览为词章，泛滥停滀，为深博无涯涘，而自肆于山水间。"昌黎之称子厚，可谓至矣。子厚亦足以当之无愧。《四部丛刊》影印元刊本《增广释音唐柳先生文集》四十三卷，别集二卷，外集二卷附录一卷。

　　子厚之文，论辨体多从韩非得来。山水记多从《水经注》得来。其《封建论》足以与韩之《原道》相抗。其《辨列子》《论语辨》等足与韩之《读仪礼》《读荀子》相抗。其山水记则远胜于韩，而碑文则不及韩，然所为诸传则又非韩所能及矣。若与人书札，则两家俱有得于司马子长，而韩则阳而动，柳则阴而静，斯所以异耳。寓言文亦足与韩相敌，而意或刻于韩。要之此二家实未易妄分高下，柳文以游记及寓言为最工。兹各录一篇如下：

临江之麋

　　临江之人，畋得麋麑，畜之。入门，群犬垂涎，扬尾皆来。其人怒，怛之。自是日抱就犬，习示之，使勿动。稍使与之戏。

　　积久，犬皆如人意。麋稍大，忘己之麋也，以为犬良我友，抵触偃仆益狎。犬畏主人，与之俯仰甚善。然时啖其舌。

　　三年麋出门外，见外犬在道，甚众，走欲与为戏。外犬见而喜且怒，共杀食之，狼藉道上。麋至死不悟。

此外有《黔之驴》《永某氏之鼠》，均同一类，在韩集中为杂说之《马》及《获麟解》等。而柳文写意深刻，笔墨削峭，近人陈三立实近之。

游黄溪记

北之晋，西适也，东极吴，南至楚越之交，其间名山水而州者以百数，永最善。环永之治百里，北至于浯溪，西至于湘之源，南至于泷泉，东至于黄溪、东屯。其间名山水而村者以百数，黄溪最善。

黄溪距州治七十里，由东屯南行六百步，至黄神祠。祠之上两山墙立，丹碧之华叶骈植，与山升降。其缺者为崖。峭岩窟水之中，皆小石平布。黄神之上，揭水八十步，至初潭，最奇丽，殆不可状。其略若剖大瓮，测立千尺。溪水即焉，黛蓄膏渟。来若白虹，沉沉无声，有鱼数百尾，方来会石下。

南去又行百步，至第二潭。石皆巍然临峻流，若颜颔龂腭。其下大石离列，可坐饮食。有鸟赤首乌翼，大如鹄，方东响立。

自是有南数里，地皆一状，树益壮，石益瘦，水鸣皆锵然。又南一里，至大冥之川。山舒水缓，有土田。始黄神为人时，居其地。

— 122 —

传者曰：黄神王姓，莽之世也。莽既死，神更号黄氏，逃来，择其深峭者潜焉。始莽尝曰："余黄虞之后也。"故号其女曰黄皇室主。黄与王声相迩，而又有本，其所以传言者益验。神既居是，民咸安焉，以为有道，死乃俎豆，为立祠。后稍徙近乎民，今祠在山阴溪水上。

元和八年五月十八日，既归为记，以启后之好游者。

《石遗室论文》云："文有显然摹拟，颇见其用之恰当者，《史记·西南夷列传》首云：'西南夷君长以什数，夜郎最大；其西靡莫之属以什数，滇最大；自滇以北君长以什数，邛都最大。此皆魋结，耕田，有邑聚。其外西自同师以东，北至楪榆，名为嶲昆明，皆编发，随畜迁徙无常处，毋君长，地方可数千里；自嶲以东北，君长以什数，徙筰都最大；自筰以东北，吾长以什数，冉駹最大；其俗或土著，或移徙。在蜀之西，自冉駹以东北，君长以什数，白马最大，皆氐类也。此皆巴蜀西南外蛮夷地也。'传末复总结云：'西南夷君长以百数，独夜郎滇受王印，滇小邑，最宠焉。'柳子厚《游黄溪记》首段直摹拟云：'北之晋，西适豳，东极吴，南至楚越之交，其间名山水而州者以百数，永最善；环永之治百里，北至于浯溪，西至于湘之源，南至于泷泉，东至于黄溪东屯，其间名山水而村者以百数，黄溪最善。'此虽摹拟显然，然小变化之，各见其布置之法也。"

又云："柳子厚《游黄溪记》有云：'南去又行百步至第二潭，

石皆巍然，临峻流，若颊颔龂腭，其下大石离列，可坐饮食，有鸟赤首乌翼，大如鹄，方东响立。'姚鼐氏云：'朱子谓《山海经》所纪异物有云东西响者，盖以有图画在前故也。此言最当。子厚不悟，作《山水记》效之，盖无谓也。后人又以此等为工而效法者益失之矣。'噫！此正姚氏之不悟也。姚氏据朱子说而未细心读此记上下文，致不知子厚之故作狡狯愚弄后人也。案《山海经》言某响立者亦只一处，《海内西经》云'昆仑南渊深三百仞，开明兽身大类虎而九首皆人面，东乡立昆仑，开明西有凤凰鸾鸟，皆戴蛇践蛇，膺有赤蛇，开明北有视肉，珠树文玉树'，此自指图象言，朱子之言不误也。子厚所记'有鸟赤首乌翼，大如鹄，方东响立'，固特仿《山海经》。然《山海经》系载此处行产之物，柳文乃记此时此处所见之物。故于东响立上，加一方字，移步换形矣。且上文有例在也，上文言有鱼数百尾，方来会石下，亦加一方字，可见皆就当日所目击者记之，非呆仿《山海经》致成笑柄也。试问古乐府之《孔雀东南飞》，亦必指图象乎？姚氏粗心将两方字忽略读过，致有此失言。姚氏讥子厚无谓，子厚有知，能不齿冷。桐城自望溪方氏好驳柳文，姚氏亦吹毛求疵矣。"

又云："桐城人号称能文者，皆扬韩抑柳，望溪訾之最甚，惜抱则微词，不知柳之不易及者有数端，出笔遣词，无丝毫俗气，一也；结构成自己面目，二也；天资高，识见颇不犹人，三也；根据具言人所不敢言，四也（如《封建论》之类，甚至如《河间妇人传》，则大过矣）；记诵优，用字不从抄撮涂抹来，五也。此五者颇为昌黎所短。昌黎长处在聚精会神，用功数十年，所读古书，在在撷其菁华，在在效法，在在求脱化其面目；然天资不高，俗见颇重，自负见道，而于尧舜孔孟之道，实模糊出入；故其自命因文见道之作，皆非其文之至者；其文之工者第一传状碑志，第二赠序，第三杂记，第四序跋，第五乃书说论辨。柳文人皆以杂记为第一，虽方姚不能訾议，盖于古书类能采取其精炼处也。《游黄溪记》中云：'由东屯行六百步至黄神祠，祠之上两山墙立，如丹碧之华叶骈植，与山升降。其缺者为崖，峭岩窟水之中，皆小石平布。黄神之上，揭水八十步，至初潭，最奇丽，殆不可状，其略若剖大瓮，侧立千尺，溪水积焉。黛蓄膏停，来若白虹，沉沉无声。有鱼数百尾，方来会石下。南去又行百步，至二潭，石皆巍然，临峻流，若颏颔断腭。其下大石离列，可坐饮食，有鸟赤首乌翼，大如鹄，方东响立。自是又南行数里，地皆一状，树益壮，石益瘦，水鸣皆锵然。又南一里，至大冥之川，山舒水缓，有土田。'案两山墙立以下，略状得出。黛蓄十二字，出以研炼，为词赋语，皆山木并写。至后树益壮数句，乃由远写至近，此章法也。凡奇丽山水至将尽处，多筋脉舒缓，蓄黛四字，从金膏水碧来。《永州万石亭记》略云：'御史中丞崔公来莅永州，间日登城北墉，临于荒野蓁翳之隙，见怪石特出，度其下必有殊胜。步自西门，以求其墟，伐竹披奥。欹仄以入；绵谷跨溪，皆大石旁立，涣若奔云，错若置棋，怒者虎斗，企者鸟厉；抉其穴则鼻口相呀，搜其根则蹄股交峙，环行卒愕，疑若抟噬。于是刿辟朽壤，翦焚榛薉，决涔沟，导伏流，散为疏林，洄为清池，寥廓泓淳,若造物者始判清浊,效奇于兹地,非人力也。乃立游亭,以宅厥中,直亭之西,石若掖分,可以眺望,其上青壁斗绝,沉于渊源,莫究其极。自下而望,则合乎攒峦,与山无穷。'案始言万石来路,企者鸟厉等,效斯干诗;石若掖分以下,分左右上下言之,以亭为主也。"

柱按柳州文为桐城派所抑久矣。得石遗先生为之平反,可谓语语切当,柳州有知,当许为知己也。

第三节 韩门难易两派之散文

前节述韩文谓有二派,其一为文从字顺者,其一为尚怪奇者。前者辞近平易,后者则辞尚艰险也。韩门李翱实宗前派,皇甫湜可谓属后一派。《新唐书·李翱传》云:"李翱字习之,始从昌黎韩愈学文章,辞致浑厚,见推当时。《四部丛刊》影印明刊本《李文公集》十八卷。"《皇甫持正传》云:"皇甫湜字持正,裴度辟为判官。度修福光寺,将立碑文,求文于白居易。湜怒曰:近舍湜而远取居易,请从此辞。度谢之。湜即请斗酒,饮酣,援笔立就,度赠以车马绘彩甚厚。湜大怒曰:自吾为《顾况集序》,未常许人,今碑文三千字,三缣,何遇我薄邪?度笑曰:不羁之才也。从而酬之。"《四部丛刊》影印宋刊本《皇甫持正文集》六卷。习之论文,以谓"义深则意远,意远则辞辩,辞辩则气直,气直则辞盛"。又谓"古之人能极于工而已,不知其词之对与否,易与难也"。(《答朱载言书》)持正于文,则谓"意新则异于常矣。异于常则怪矣。词高则出众,出众则奇矣。虎豹之文不得不炳于犬羊,鸾凤之音不得不锵于乌鹊。金玉之光不得不炫于瓦石。非有意光之也,乃自然也。必崔嵬然后为岳,必滔天然后为海。明堂之栋必挠云霓。骊龙之珠必固深泉。"(《答李生第一书》)于此可以见二氏之主张矣。

故正议大夫行尚书吏部侍郎上桂国赐紫金鱼袋赠礼部尚书韩公行状

李翱

公讳愈字退之,昌黎某人。生三岁父没,养于兄会舍。及长读书,能记他生之所习。年二十五,上进士第。汴州乱,诏以旧相东都留守董晋为平章事,宣武军节度使,以平汴州。晋辟公以行,遂入汴州,得试秘书省校书郎,为观察推官。晋卒,公从晋丧以出。四日而汴州乱,凡从事之居者皆杀死。

武宁军节度使张建封奏为节度推官,得试太常寺协律郎,选授四门博士,迁监察御史。为幸臣所恶,出守连州阳山令,政有惠于下。及公去,百姓多以公之姓以命其子。改江宁府法曹军。入为权知国子博士,宰相有爱公文者,将以文学职处公。有争先者,构公语以非之。公恐及难,遂求分司东都。权知三年,改真博士。入省,为分司都官员外郎。改河南县令,日以职分辨于留守及尹,故军士莫敢犯禁。入为职方员外郎。华州刺史奏华阴县令柳涧有罪，遂将贬之。公上疏请发御史，辨曲直，方可处以罪，则下不受屈。既柳涧有犯，公由是复为国子博士。改比部郎中，史馆修撰，转考功郎中，修撰如故。数月，以考功知制诰。

上将平蔡州，先命御史中丞裴公度使诸军以视兵，及还奏兵可用，贼势可以灭，颇与宰相意忤。既数月，盗杀宰相，又害中丞不克。中丞微伤，马逸以免，遂为宰相，以主东兵。自安禄山起范阳，陷两京，河南北七镇节度使，身死则立其子，作军士表以请，朝廷因而与之。及贞元季年，虽顺地节将死，多即军中取行军副使将校以授之节，习以成故矣。朝廷之贤，恬于所安，以苟不用兵为贵，议多与裴丞相异。惟公以为盗杀宰相而遂息兵，其为懦甚大，兵不可以息，以天下力取三州，尚何不可？与裴丞相议合，故兵遂用。而宰相有不便之者。月满，迁中书舍人，赐绯鱼袋，后竟以他事改太子右庶子。

元和十二年秋，以兵老久屯，贼未灭，上命裴丞相为淮西节度使以招讨之。丞相请公以行，于是以公兼御史中丞，赐三品衣鱼，为行军司马，从丞相居于郾城。公知蔡州精卒，悉聚界上，以拒官军，守城者率老弱，且不过千人，亟白丞相，请以兵三千人间道以入，必擒吴元济。丞相未及行，而李愬自唐州文城垒，提其卒牵夜入蔡州，果得元济。蔡州既平，布衣柏耆以计谒公，公与语奇之，遂白丞相曰："淮西灭，王承宗胆破，

— 128 —

可不劳用众，宜使辨士奉相公书，明祸福以招之，彼必服。"丞相然之。公令柏耆口占为丞相书，明祸福，使柏耆袖之以至镇州。承宗果大恐，上表请割德、棣二州以献。丞相归京师，公迁刑部侍郎。

岁余，佛骨自凤翔至，传京师诸寺，时百姓有烧指与顶以祈福者，公奏疏言："自伏羲至周文武时，皆未有佛，而年多至百岁，有过之者。自佛法入中国，帝王事之寿不能长。梁武帝事之最谨，而国大乱。请烧弃佛骨。"疏入，贬潮州刺史。移袁州刺史，百姓以男女为人隶者，公皆计佣以偿其直而出归之。入迁国子祭酒。有直讲能说礼而陋容，学官多豪族子，摈之不得共食。公命吏曰："召直讲来与祭酒共食。"学官由此不敢贱直讲。奏儒生为学官，曰使会讲，生徒多奔走听闻，皆喜曰："韩公来为祭酒，国子监不寂寞矣。"

改兵部侍郎。镇州乱，杀其帅田宏正，征之不可，遂以王廷凑为节度使，诏公往宣抚。既行，众皆危之。元稹奏曰："韩愈可惜。"穆宗亦悔，有诏令至境观视，无必于入。公曰："安有受君命而滞留自顾？"遂疾驱入。廷凑严兵拔刃弦弓矢以送。及馆，甲士罗于庭，公与廷凑、监军使三人就位。既坐，廷凑言曰："所以纷纷者乃此士卒所为，本非廷凑心。"公大声曰："天子以为尚书有将帅材，故赐之以节，实不知公共健儿语未得乃大错。"甲士前奋言曰："先太史为国打朱滔，滔遂败走，血衣皆在，此军何负朝廷，乃以为贼乎？"公告曰："儿郎等且勿语，听愈言。愈将为儿郎已不记先太史之功与忠矣，若犹记得，乃大好。且为逆与顺利害，不能远引古事，但以天宝来祸福，为儿郎等明之。安禄山、史思明、李希烈、梁崇义、朱滔、朱泚、吴元济、李师道，复有若子若孙在乎？亦有居官者乎？"众皆曰："无。"又曰："田令公以魏博六州归朝廷，为节度使，后至中书令，父子皆授旄节，子与孙虽在幼童者亦为好官，穷富极贵，宠荣耀天下。刘悟、李佑皆居大镇，王承元年始十七，亦仗节，此皆三军耳所闻也。"众乃曰："田宏正刻此军，故军不安。"公曰："然。汝三军亦害田令公身，又残其家矣，复何道？"众乃欢曰："侍郎语是。侍郎语是。"廷凑恐众心动，遽麾众散出，因泣谓公曰："侍郎来，欲令廷凑何所为？"公曰："神策六军之将，如牛元翼比者不少，但朝廷顾大体，不可以弃之耳。而尚书久围之何也？"廷凑曰："即出之。"公曰："若真耳，则无事矣。"因与之宴而归，而牛元翼果出。及还，于上前尽奏与廷凑及三军语，上大悦曰："卿直向伊如此道！"由是有意欲大用之。王武俊赠太师。呼太史者燕赵人语也。

　　转吏部侍郎。凡令史皆不锁听出入。或问公，公曰："人所以畏鬼者，以其不能见也，鬼如可见，则人不畏矣。选人不得见令史，故令史势重，听其出入则势轻。"改京兆尹兼御史大夫,特诏不就御史台谒,后不得引为例。六军将士皆不敢犯,私相告曰:"是尚欲烧佛骨者,安可忤?"故盗贼止。遇旱,米价不敢上。李绅为御史中丞,械囚送府,使以尹杖杖之。公曰:"安有此?"使归其囚。是时绅方幸,宰相欲去之,故以台与府不协为请,出绅为江西观察使,以公为兵部侍郎。绅既复留,公入谢,上曰:"卿与李绅争何事?"公因自辨,数日复为吏部侍郎。

长庆四年得病,满百日假。既罢,以十二月二日卒于靖安里第。

公气厚性通,论议多大体,与人交,始终不易,凡嫁内外及交友之女无主者十人。幼养于嫂郑氏,及嫂殁,为之期服以报之。深于文章,每以为自扬雄之后,作者不出,其所为文未尝效前人之言而固与之并。自贞元末,以至于兹,后进之士,其有志于古文者莫不视公以为法。有集四十卷,小集十卷。及病,遂请告以罢。每与交友言既终以处妻子之语,且曰:某伯兄德行高,晓方药,食必视本草,年止于四十二。某疏愚,食不择禁忌,位为侍郎,年出伯兄十五岁矣。如又不足,于何而足?且获终于牖下,幸不至失大节,以下见先人,可谓荣矣。"享年五十七,赠礼部尚书。谨具任官事迹如前,请牒考功下太常定谥,并牒史馆。谨状。

其叙说王廷凑一段,盖几于语体文矣。皇甫持正则一反之。缪荃孙云:"湜韩门弟子,句奇语重,不离师法,而雕琢艰深,或格格不能自达其意,较之同时文人,固已起出流辈。"

韩文公墓志铭

皇甫湜

长庆四年八月,昌黎韩先生既以疾免吏部侍郎,书谕湜曰:"死能令我躬所以不随世磨灭者惟子,以为嘱。"其年十二月丙子遂薨。明年正月,其孤昶,使奉功绪之录,继讣以至。三月癸酉,葬河南河阳,乃哭而叙铭其墓,其详将揭之于神道碑云。

先生讳愈,字退之,后魏安桓王茂六代孙。祖朝散大夫桂州长史讳睿素,父秘书郎赠尚书左仆射讳仲卿。先生七岁好学,言出成文。及冠恣为书以传圣人之道,人始未信。既发不掩,声震业光,众方惊爆而萃排之。乘危将颠,不懈益张,卒大信于天下。先生之作,无圆无方,至是归工。抉经之心,执圣之权,尚友作者,跛邪抵异,以扶孔氏,存皇之极。知兴罪,非我计。茹古涵今,无有端涯,浑浑灏灏,不可窥校。及其酬放,豪曲快字,凌纸怪发,鲸铿春丽,惊耀天下。然而栗密窈眇,章妥句适,精能之至,入神出天。呜呼极矣,后人无以加之矣。姬氏已来,一人而已矣!

始先生以进士三十有一仕,历官。其为御史、尚书郎、中书舍人,前后三贬,皆以疏陈治事,廷议不随为罪。常悁佛老氏法,溃圣人之隄,乃唱而筑之。及为刑部侍郎,遂章言宪宗迎佛骨非是任为身耻,震怒天颜。先生处之安然,就贬八千里海上。呜呼古所谓非苟知之,允蹈之者邪?吴元济反,吏兵久屯无功,国涒将疑,众惧恟恟。先生以右庶子兼御史中丞行军司马,宰相军出潼关,请先乘遽至汴,感说都统,师乘遂和,卒擒元济。王廷凑反,围牛元翼于深,救兵十万,望不敢前。诏择庭臣往谕,众悸缩,先生勇行。元稹言于上曰:"韩愈可惜。"穆宗悔,驰诏无径入。先生曰:"止君之仁,死臣之义。"遂至贼营,麾其众,责之,贼惶汗伏地,乃出元翼。春秋美臧孙辰告籴于齐以为急病,校其难易,孰为宜褒?呜呼,先生真古所谓大臣者耶!还拜京兆尹,敛禁军帖。早籴,釐悼臣之铓,再为吏部侍郎。薨,年五十七。赠礼部尚书。

先生与人洞朗轩辟,不施戟级。族姻友旧不自立者,必待我然后衣食嫁娶丧葬。平居虽寝食未尝去书,怠以为枕,飡以怡口,讲评孜孜,以磨诸生恐不完美。游以诙笑啸歌,使皆醉义忘归。呜呼可为乐易君子,钜人者矣。夫人高平君范阳卢氏,孤前进士昶,婿左拾遗李汉,集贤校理樊宗懿,次女许嫁陈氏,三女未笄。铭曰:

维天有道,在我先生。万颈胥延,生庙以行。令望绝邪,痡此四方。惟圣有文,乖微岁千。先生起之,焯役于前。旷义滂仁,耿照充天。有如先生,而合亘年。按我章书,经纪大环。唫不时施,昌极后昆。噫噫永归,奈知之悲。

《石遗室论文》云:"李文纯正不矜奇,而读之时时令人动色,自不平衍。皇甫文造语简炼,时复钩章棘句,句法常用倒装,而此碑志尚无钩輈格磔处。李于廷凑一节,叙之最详,最著力,昌黎一生可传事无过于此,《谏佛骨表》犹其次也。而《唐书·昌黎传》,即用李文,而昌黎千古矣。即论其为文章一段,看似淡淡,实未尝不著力,言简括而意郑重也。不知当时何以碑志两文均以属皇甫?殆昌黎平日本善相如子云,以皇甫之钩章棘句为能似之,故均使皇甫执笔欤?皇甫于墓志著力论昌黎文章,其云:'抉经之心,执圣之权,浑浑灏灏,不可窥校。精能之至,入神出天,姬氏以来,一人而已。'皆未免太过,昌黎当不起。其余叙谕廷凑处皆言抗声数责,贼众惧伏,似非实情。果尔,昌黎将不得免为颜真卿孔巢父之续,故《唐书》不取也。"

高澍然云:"昌黎之文广博易良,余于《韩文故》言之详矣。而习之先生其广博稍逊,其易良则似有进焉。盖昌黎取源孟子,而汇其全,故广博与易良并;先生取源《论语》,而得其一至,故广博虽不如,而易良亦非韩所有也。譬诸天地之气,其穆然太虚,冲和昭融者,《论语》之易良也;其湛然不滓,高朗夷旷者,《孟子》之易良也。二者微有区别焉。学之者宁无差等乎哉?故余于昌黎犹为公好，于先生若为私嗜。然每展卷如尝异味，必求属餍，又恐其难再得，不肯遽尽，留以待再享，其爱惜之至如此，诚不自知其然也。"

高氏之言是也。柱尝论之，韩氏之议论文出乎《孟子》，而习之之议论文则本乎《论语》；出乎《孟子》故浩气流转而气势雄奇，本乎《论语》则韵味雅淡而气象雍容，韩文之好，人易知，犹鲁公之书人易识也；李文之佳，人难知，犹二王之字人难识也。若皇甫持正则学韩之奇而未至焉者，不足与论乎此矣。

介乎难易之间为孙樵。樵字可之。《四部丛刊》影印问青堂刊本《孙樵集》十卷。自序谓家本关东，代袭簪缨，藏书五千卷，常自探讨，幼而工文，得之真诀。又尝自谓樵尝得为文真诀于来无释，来无择得之于皇甫持正，皇甫持正得之于韩吏部退之。(《与友论文书》)其为文亦主奇，与皇甫持正同，故云："鸾凤之音必倾听，雷霆之声必骇心。龙章虎皮是何等物？日月五星是何等象？储思必深，摘辞必高；道人之所不道，到人之所不到；趋怪走奇，中病归正；以之明道则显而微，以之扬名则久而传；前辈作者正如是。譬玉川子《月蚀诗》，杨司成《华山赋》，韩吏部《进学解》，冯常侍《清河壁记》，莫不拔地倚天，句句欲活，读之如赤手捕长蛇，不施控骑生马，急不得暇，莫可捉搦；又似远人入太兴城，茫然自失，讵比十家县，足未及东郭，目以极西郭耶？"(《与王霖秀才书》)然其文终比持正为较平易。樵之文以《梓潼移江记》《兴元路新记》为最奇。然《石遗室论文》云："二记虽间有诘诎处，然视樊宗师则平易甚。视皇甫持正亦差易也。大略可之之文，若赋铭碑对各体，多用僻字；余作记事论事者，往往似杜牧之；尚有数篇传作可观者。"王应麟曰："东坡谓学韩退之不至为皇甫湜，学湜不至为孙樵。"朱新仲曰："樵乃过湜，如《书何易》《于褒城驿壁》《田将军》《边事》《复佛寺奏》等，皆谨严得史法，有裨治道。"柱以朱说为然矣。

梓潼移江记

涪缭于郪，迫城如蟠，淫潦涨秋，狂澜陆高。突堤啮涯，包城荡庐，岁杀州民，以为官忧。荥阳公始至，则思所以洗民患。颇闻前观察使欲凿江东壖地别为新江，使东北注，流五里复汇而东，即堤墟。旧江使水道与城相远，以薄江怒。遂命釜吏发卒三千，迹其前谋。役兴三月，功不可就。有谒于荥阳公曰："公开新江，将抉民忧。然江势不可决，訛言不可绝，公将何以终之？"荥阳公曰："吾欲厚其逍以劝其卒可乎？"对曰："饥卒赖厚直，民惜其田以颉得，不可。"荥阳公曰："吾欲戮其将以动其卒可乎？"对曰："代之将者必苦吾卒，卒若叛，不可。"荥阳公曰："奈何？"对曰："夫民可与乐终，难与图始。固自役兴已来，彼其民曰：'夏王鞭促万灵，以导百川，今果能改夏王迹耶？非徒无功，抑有后灾。'群疑牵绵，民心荡摇。前时观察使欲凿新江，中辄议而罢，岂病此耶？公即能先堤民言，新江可度日而决也。"荥阳公诺。明日荥阳公视政加猛，

— 136 —

决狱加断。又明日杖杀左右有所贰事,鞭官吏有所阻政者。遂下令曰:"开新江非我家事,将脱鄚民于鱼祸耳。民敢横议者死。"鄚民以荥阳公尝为京兆,既惮其猛,及是,民心大慄,群舌如斩。未几而新江告成,荥阳公欢出临视,班赏罢卒,已而叹曰:"民言不堪,新江其不决耶!"经江长步一千五百,阔十分其长之二,深七分其阔之一。盘堤既隆,旧江遂墟,凡得田五百亩。其年七月,水果大至,虽逾防稽陆,不能病民,其绩宜何如哉!荥阳公既以上闻,有司劾其不先白,诏夺俸钱一月之半。樵尝为褒城驿记,恨所在长吏不肯出毫力以利民,及睹荥阳公以开新江受谴,岂立事者亦未易耶?是岁开成五年也。

第四节 矫枉派之散文

凡辞赋骈文家之散文,有不能脱其本家之习气者,如司马相如扬雄之所为是也。凡散文家之辞赋,亦有不能脱其本家之习气者,如董仲舒司马迁之《士不遇赋》是也。盖所学染既深,各有本色,势不易变也。然亦有矫枉过正,与本色绝异者,如汉之班固,辞赋家也,其文则骈文之祖也,其书《秦始皇本纪》后云:

孝明皇帝十七年十月十五日乙丑日,周历已移,仁不代母。秦直其位,吕政残虐。然以诸侯十三,并兼天下,极情纵欲,养育宗亲。三十七年,兵无所不加,制作政令,施于后王。盖得圣人之威，河神授图，据狼狐，蹈参伐，佐攻驱除，距之称始皇。始皇既殁，胡极愚，郦山未毕，复作阿房以遂前策。云凡所为贵有天下者，肆意极欲，大臣至欲罢先君所为。诛斯去疾，任用赵高。痛哉言乎！人头畜鸣。不威不伐恶，不笃不虚亡，距之不得留，残虐以促期。虽居形便之国，犹不得存。子婴度次得嗣，冠玉冠，佩华绂，车黄屋，从百司，谒七庙。小人乘非位，莫不恍忽失守，偷安日日，独能长念却虑。父子作权，近取于户牖之间，竟诛猾臣，为君讨贼。高死之后，宾婚未得尽相劳，餐未及下咽，酒未及濡唇，楚兵已屠关中。真人翔霸上，素车婴组，奉其符玺以归帝者。郑伯茅旌鸾刀，严王退舍。河决不可复壅，鱼烂不可复全。贾谊、司马迁曰："向使婴有庸主之才，仅得中佐。山东虽乱，秦之地可全而有。宗庙之祀，未当绝也。"秦之积衰，天下土崩瓦解。虽有周旦之材，无所复陈其巧，而以责一日之孤，误哉！俗传秦始皇起罪恶，胡亥极，得其理矣。复责小子云，秦地可全，所谓不通时变者矣。纪季以酅，春秋不名。吾读秦纪，至于子婴车裂赵高，未尝不健其决，怜其志。婴死生之义备矣。

宋范晔骈文大家也，其《后汉书·自序》云：

吾少懒学问，晚成人年三十许，政始有向耳。自尔以来，转为心化推老将至者亦当未已也。往往有微解，言乃不能自尽。为性不寻注书，心气恶小，苦思便愦闷，口机又不调利，以此无谈功，至于所通解处，皆自得之于胸怀耳。文章转进，但才少思难。所以每于操笔，其所成篇，殆无全称者，常耻作文士。文患其事尽于形，情急于藻，义牵其旨，韵移其意。虽时有能者，大较多不免此累，政可类工巧图绩，竟无得也。常谓情志所托，故当以意为主，以文传意。以意为主则其旨必见，以文传意则其词不流。然后抽其芬芳，振其金石耳。此中情性旨趣，千条百品。屈曲有成理，自谓颇识其数。尝为人言，多不能赏，意或异故也。性别宫商，识清浊，斯自然也。观古今文人，多不全了此处。纵有会此者，不必从根本中来，言之皆有实证，非为空谈。年少中谢庄最有其分，手笔差易，文不拘韵故也。吾思乃无定方，特能济难，适轻重所禀之分，犹当未尽。但多公家之言，少于事外远致。以此为恨，亦由无意于文名故也。本未关史书，政恒觉其不可解耳。既造后汉，转得统绪，详观古今著述及评论，殆少可意者。班氏最有高名，既任情无例，不可甲乙，辨后赞于理近无所得，唯志可推耳。博赡不可及之，整理未必愧也。吾杂传论，皆有精意深旨，既有裁味，故约其词句。至于循吏以下，及六夷诸序论，笔势纵放，实天下之奇作。其中合者往往不减过秦篇。尝共比方班氏所作，非但不愧之而已。欲遍作诸志，前汉所有者悉令备。虽事不必多，且使见文得尽，又欲因事就卷内发论，以正一代得失，意复未果。赞自是吾文之杰思，殆无一字空设。奇变不穷，同含异体，乃自不知所以称之。此书行故应有赏音者，纪传例为举其大略耳。诸细意甚多。自古体大而思精，未有此也。恐世人不能尽之，多贵古贱今，所以称情狂言耳。吾于音乐听功不及自挥，但所精非雅声为可恨。然至于一绝处亦复何异邪！其中体趣，言之不尽，弦外之意，虚响之音，不知所从而来。虽少许处，而旨态无极亦尝以授人，士庶中未有一毫似者，此永不传矣。吾书虽小小有意，笔势不快，余竟不成就，每愧此。

其文之质木无文，古峭诘诎如此，与其所作辞赋骈文，岂非如出两人之手乎？在唐之文家，亦有类此者，如杜甫、李商隐是也。今各录一首如下：

秋述

杜甫

秋杜子卧病长安旅次，多雨生鱼，青苔及榻。常时车马之客，旧雨来今雨不来。皆襄阳庞德公，至老不入州府，而杨子云草元寂寞，多为后辈所褻，近似之矣。呜呼！冠冕之窟，名利卒卒。虽朱门之涂泥，士子不见其泥，刿抱疾穷巷之多泥乎？

子魏子独踽踽然来，汗漫其仆。夫夫又不假盖，不见我病色，适与我神会。我弃物也，四十无位。子不以官遇我，知我处顺故也。子挺生者也，无矜色，无邪气，必见用则风后力牧是已。文章则子游子夏是已，无邪气故也，得正始故也。噫！所不至于道者，时或赋诗如曹刘，谈话及卫霍。岂少年壮志，未息俊迈之机乎？子魏子今年以进士调选，名隶东天官，告余将行。既缝裳，既聚粮，东人怵惕，笔札无敌。谦谦君子，若不得已。知禄仕此始，吾党恶乎无述而止。

刘叉

李商隐

右一人字义，不知其所从来。在魏与焦濛间冰田滂善任气，重义，大躯，有声力。尝出入市井，杀牛及犬豕，罗网鸟雀。亦或时饮酒杀人，变姓名遁去，会赦得出，后流入齐鲁，始读书，能为歌诗，然恃其故时所为，辄不能俯仰贵人。穿屐破衣，从寻常人乞丐酒食为活。闻韩愈善接天下士，步行归之。既至，赋冰柱雪车二诗，一旦居卢同孟郊之上。樊宗师以文自任，见义拜之。后以争语不能下诸公，因持愈金数斤去，曰：此谀墓中人得耳，不若与刘君为寿。愈不能止，复归齐鲁。义之行固不在圣贤中庸之列，然其能面道人短长，不畏卒祸。及得其服义,则又弥缝劝谏,有若骨肉。此其过人无限。

其古拙拗折,戛戛独造,如两汉以上文也,殆与班范之作为一类矣。《旧唐书·杜甫传》云:"杜甫字子美,本襄阳人,后徙河南巩县。甫天宝初,应进士不第;天宝末,献《三大礼赋》,元宗奇之。"李商隐传云:"天宝末诗人,甫与李白齐名。"清仇兆鳌《杜诗详注》凡诗二十三卷杂文二卷。又云:"李商隐字义山,怀州河内人。商隐能为古文,不喜偶对;从事令狐楚幕,楚能章奏,遂以其道授商隐,自是始为今体章奏,博学强记,下笔不能自休,尤善为诔奠之辞;与太原温庭筠,南郡段成式齐名,号三十六;文思清丽,庭筠过之,而俱无持操;恃才诡激,为当涂所薄,名宦不进,坎坷终身。"然则商隐固原工古文之学者。然亦当时骈文之风渐盛而矫枉过正者也。《四部丛刊》铁琴铜剑楼藏旧钞本《李义山文集》五卷。

第五节　艰涩派之散文

闻韩昌黎古文之风而为文务为艰涩者,为樊宗师、皇甫湜、孙樵。而樊宗师为尤最。韩愈《樊绍述墓志铭》云:"绍述讳宗师,自祖及绍述之世,皆以军谋堪将帅策上第以进。绍述无所不学,于辞于声天得也。"又云:"从其家求书得书号《魁纪公》者三十卷,曰《樊子》者又三十卷,《春秋集传》十五卷,表笺状策书序传记志说伦今文赞铭凡二百九十一篇,道路所遇及器物门里杂铭二百二十,赋十，诗七百一十九，曰多矣哉！古未尝有也。然而必出于己，不蹈袭前人一言一句，又何难也？必出入仁义，其富若生畜，万物必具，海含地负，放恣横从，无所统记，然而不烦于绳削而无不合也。呜呼，绍述于斯文，可谓至于斯极者矣。"退之之推许绍述，可谓至矣。然樊文今只传二篇而已。陶宗仪《辍耕录》云："唐南阳樊宗师字绍述，所撰《绛守居园池记》，艰深奇涩，读之往往昧其句读，况义乎哉？韩文公谓其文不蹈袭前人一言一句，观此记则诚然矣。"今录其全文于下：以见天下竟有此一类之文也。

绛守居园池记

绛即东雍，（雍去声）为守（去声）理所。禀参（所今切）实沈分（分去声），气畜两河润。有陶唐冀遗风余思，（思去声）晋韩魏之相剥剖，世说总其土田士人。今无硗（口交切）杂扰，宜得地形胜泻水施法，岂新田又叢猥不可居。州地或自有兴废，（州字或属上句）人因得附为奢俭，将为守悦致平理与，（与平声）益侈心耗物害时与。（与平声）自将失敦穷华，终披夷不可知。陴缅（音睥睨也缅疑作缅）孤颠，跔偏（上苦下切下渠勿切）玄武踞，守居割有北。自甲辛苞太池泓，横硖旁，潭中癸次，木腔暴三丈，余（或属上句）涎玉沫珠，子午梁贯亭四洄涟。虹霓雄雌，穹鞠觑蜃，（时忍切）碑假（胡恳切）岛抵，（音池）淹淹委委。（平声）莎靡缦（莫半切）萝菶翠蔓红刺相拂缀，南连轩井，阵中涌曰香。承守寝睟（虽遂切）思，西南有门曰虎豹。左书虎搏，（补各切）立，万力千气，底（音旨）发。龘匿地，努肩脑口牙快抗，电火雷风黑山震将合，右胡人鬝，黄帉（于元切）累（力追切）珠，丹碧锦袄，身力橐靴樤縚。（上刀切）白豹玄班，饮距掌脾，意相得。东南有亭曰新，前含（音领）曰槐，有槐屓（虚器切）护，霪郁荫后颐，渠决决缘池西直南折虎赴，可宴可衔。又东骞渠曰，望月。（骞音轩）又东骞穷角池，研云曰柏。有柏苍青官士，拥列与槐朋友，巉（鉏衔切）阴洽色。北俯渠，憧憧来。刮级面西，巽䐁（疑作隅）间，黄原玦天，汾水钩带。白言谒，行旦艮间，远冈青萦。近楼台井间点画察。可四时合奇士，观云风霜露雨雪，所为（去声）发生收敛赋歌诗。正东曰苍塘，遵濒西潆望，瑶翻碧潋，光文切镂梨深挠挠（奴巧切）收穷。正北曰风陧，乘携左右，陧执北回股努，塪（徒计切）挔（刀计切）蹴墉，御渠歑池，南楯榅，景怪教，蛟龙钩牵，宝龟灵鼍（薄猛切一音睥）文文章章，阴欱（呼合切）垫（都念切）歔，（呼括切）烟溃霭聚桃李兰蕙，神君仙人衣裳雅冶，可会脱赤热。西北曰鳌，𪃑（音灰）原，开咍（呼来切）储，虚明茫茫，虢眼濆耳，可大客旅钟鼓乐，提鹃挈鹭，俉（音弼）池豪渠，憎乖怜囿。正西曰白滨，荟（乌外切）深怜梨，素女雪舞百佾，水翠披，曋曋（虚郭切）千幅，迎西引东士长崖，挟横圩，（圩音劣）日卯酉（日或作自）樵

— 144 —

途隅径幽委。虫鸟声无人，风日灯火之，昼夜漏刻诡姽（鱼毁切）绚化。大小亭餖池渠间，走池隄上亭后前，障乘墉，如连山群峰拥，地高下如原隰堤溪壑，水引古，自源三十里，凿高槽绝窦墉，为（或作其）池沟沼渠瀑溹（音丛）潺终出，汩汩（于笔切音骨非）街衔畦町阡陌间，入汾，巨树木，资士悍水沮，（将预切）宗族盛茂，旁荫远映锦绣交果枝香，婉丽麁（上下可通作一句）绝他郡，考其台亭沼池之增。盖豪王才侯袭以奇意相胜，至今过客尚往往有指可创起处。余退常吁，后其能无，果有不。（音否）补建者地由于炀。及（当作反）者雅文安，（薛雅裴文安二人）发土筑为拒，几（平声）附于污宫。水本于正平轨，病井卤生物物瘠，引古，沃浣人便，几附于河渠。呜呼，为附于河渠则可，为附于污宫其可？书以荐后君子。长庆三年五月十七日记。

此等文体盖上法古钟鼎文字，而下法班固《书秦始皇本纪后》者也。全学此等文，固属无用。然偶一读之，以期洗去俗滑，亦未始不无小补也。

李肇《国史补》云："元和之后，文笔则学奇于韩愈，学涩于宗师。退之作樊墓志称其为文不剽袭，观《绛守居园池记》诚然，亦太奇涩矣。本朝王晟刘忱皆为之注解，如瑶翻碧溦，鬼眼颀耳等语，皆前人所未道也。"

欧阳修跋云："元和文章之盛极矣，其奇怪至于如此。"又诗云:"尝闻绍述绛守居,偶来登览周四隅。异哉樊子怪可吁,心欲独去无古初。穷荒探幽入无有,一语诘曲百盘纡。孰云已出不剽袭?句断欲学盘庚书。(一云:《文言》《尔雅》不训诂,几欲舌译从象胥。)荒烟古木蔚遗墟,我来嗟祇得其余。柏槐端庄伟大夫,苍颜郁郁老不枯。靓容新丽一何姝?清池翠盖拥红蕖。胡髯虎搏岂足道,记录细碎何区区?宓氏八卦画河图,禹汤皋虺暨唐虞。岂不古奥万世模。嫉世姣好习卑污。以奇矫薄骇群愚,用此犹得追韩徒。我思其人为踌躇!作诗聊谑为坐娱。"

孙之𫘧云:"余幼时读《辍耕录》,喜樊绍述《绛守居园池记》,识其句读,知韩昌黎生蓄万物,放恣横从之语,为不虚。所称赵伯昂笺注与无名氏注解者,有两本,求之数十年竟不获。后见《唐诗纪事》又得绵州《越王楼诗序》一篇,俱苦无注解,可释其义。今年秋,得沈裕注本,内载赵、吴、许三家注,灿然可观已。然急于自衒,多删易旧文,渐失本来,余病其弗完,为补缀数十条,厘为二卷,传之人间,俾幽经秘篆勿致漫灭,亦韩子不忍奇宝横弃道侧之意也。呜呼,元和之际,文章之盛极矣,其怪奇至于如此。韩子称绍述集若干卷诗文千余篇,今所存才两篇耳。以文之多若是,其独出古初无所剽袭又若是,而今昔往来人读者盖鲜。老子曰:知希我贵,知我希故我贵也。杨子云著《太玄》,曰:后世复有子云则知我矣。夫异代桓谭,子云已灼然俟之身后,如欲强蚩蚩拙目共读樊集,恐巴人倡和,天下皆是。阳春高而莫续。妙声绝而不寻。非病其晦涩,则以为无用之文耳。谁为精讨锱铢,核量文质乎?"

第六节　浅易派之散文

　　天下事物，苟非中庸，必有相对。文章亦然。有主难者，必有主易者；有主深者，必有主浅者。故有樊绍述之艰深；必有白乐天之浅易。惟浅易与草率不同，第一要件即在真切。真切则文字虽浅易而意味实深长，此实为最高之文境。反是，则可谓以艰深之字文其浅陋耳。白乐天之文，自来论文者不选，而吾则以为陶渊明以后一人而已。《新唐书》本传，"白居易，字乐天。其先盖太原人，后徙下邽。敏悟绝人，工文章。未冠谒顾况，况吴人，恃才少所许可，见其文，自失曰：吾谓斯文遂绝，今复得子矣。又云：居易于文章精切，然最工诗，初颇以规讽得失，及其多，更下偶俗好，至数千篇，当时士人争传，鸡林行贾售其国相，率篇易一金，甚伪者相辄能辨之。初与元稹酬咏，故号元白；稹卒，又与刘禹锡齐名，号刘白。其始生七月能展书，姆指之无两字，虽试百数不差。九岁谙识声律，其笃于文章，盖天禀然。"《四部丛刊》影印日本活字本《白氏文集》七十一卷。

　　乐天之文盖学陶渊明，其《醉吟先生传》即拟《五柳先生传》而能扩充之者也。学者若病其略有摹拟之迹，则试问韩退之《送穷文》摹拟扬子云之《逐贫》，岂能略无形迹邪？

醉吟先生传

白居易

醉吟先生者，忘其姓字乡里官爵，忽忽不知吾为谁也。宦游三十载，将老，退居洛下。所居有池五六亩，竹数千竿，乔木数十株，台榭舟桥俱体而微，先生安焉。家虽贫不至寒馁，年虽老未及耄。性嗜酒，耽琴淫诗，凡酒徒琴侣诗客多与之游。游之外，栖心释氏，通学小中大乘法，与嵩山僧妃满为空门友，平泉客韦楚为山水友，彭城刘梦得为诗友，安定皇甫朗之为酒友。每一相见，欣然忘归，洛城内外六七十里间，凡观寺丘墅有泉石花竹者靡不游；人家有美酒鸣琴者靡不过；有图书歌舞者靡不观。

自居守洛川，暨布衣家，以宴盛召者，亦时时往。每良辰美景，或雪朝月夕，好事者相过，必为之先拂酒罍，次开篋诗。酒既酣乃自援琴操宫声，弄秋思一遍。若兴发命家僮调法部丝竹合奏霓裳羽衣一曲。若欢甚又命小妓歌杨柳枝新词十数章，放情自娱酩酊而后已。往往乘兴屦及邻，杖于乡，骑游都邑，肩舁适野。舁中置一琴一枕，陶谢诗数卷，舁竿左右悬双酒壶，寻水望山，率情便去，抱琴引酌，兴尽而返。

如此者凡十年，其间日赋诗，六千余首，岁酿酒约数百斛，而十年前后赋酿者不与焉。妻孥弟侄虑其过也，或讥之，不应，至于再三，乃曰："凡人之性，鲜得中，必有所偏好，吾非中者也。设不幸吾好而货殖焉，以至于多藏润屋，贾祸危身，奈吾何？设不幸吾好博弈，一掷数万，倾财破产，以致于妻子冻馁，奈吾何？设不幸吾好药，损衣削食，炼铅烧汞，以至于无所成，有所误，奈吾何？今吾幸不好彼而自适于杯觞讽咏之间，放则放矣，庸何伤乎？不犹愈于好彼三者乎？此刘伯伦所以闻妇言而不听，王无功所以游醉乡而不还也。"遂率子弟入酒房，环酿瓮，箕踞仰面，长吁太息，曰：吾生天地间才与行不逮于古人远矣，而富于黔娄，寿于颜渊，饱于伯夷，乐于荣启期，健于卫叔宝，幸甚幸甚！余何求哉！若舍吾所好，何以送老？因自吟咏怀诗云：抱琴荣启乐，纵酒刘伶达。放眼看青山，任头生白发。不知天地内，更得几年活？从此到终身，尽为闲日月。

　　吟罢自哂，揭瓮拨醅，又引数杯，兀然而醉。既而醉复醒，醒复吟，吟复饮，饮复醉，醉吟相仍，若循环然。由是得以梦身世，云富贵，幕席天地，瞬息百年。陶陶然，昏昏然，不知老之将至，古所谓得全于酒者，故自号为醉吟先生。于时开成三年，先生之齿六十有七，须尽白，发半秃，齿双缺，而觞咏兴犹未衰。顾谓妻子云："今之前，吾适矣；今之后，吾不自知其兴何如？"

其他最佳之文尚有《与元九书》《答户部崔侍郎书》等，均意兴洒然，甚得自然之妙者也。

第七节　晚唐五代之散文

唐之韩柳虽大倡古文，然自晚唐以后，李商隐温庭筠段成式之徒，为文尚四六，号为三十六体，而文格益日衰。《新唐书》云："唐有天下三百年，文章无虑三变。高祖太宗，大难始夷，沿江左余风，缛句绘章，揣合低昂，故王杨为之伯。玄宗好经术，群臣稍厌雕琢，索理致，崇雅黜浮，气益雄浑，则燕许擅其宗。是时唐兴已百年，诸儒争自名家，大历贞元间，美才辈出，擩嚌道真，涵泳圣涯，于是韩愈倡之，柳宗元李翱皇甫湜等和之，排逐百家，法度森严，抵轹晋魏，上轧汉周，唐之文完然为一王法，此其极也。"此论唐三百年之文，王杨为一体，燕许为一体，然皆骈文也；韩柳为一体，则散文也。自晚唐以后之文学，则可论者惟诗词而已，散文骈文俱不足论矣。至于五代十国，则所可论者唯词而已，即诗亦已不足论。盖国势日衰，干戈扰攘之际，士既不得从容于学，而偷生避难，仅存于锋镝之间者，亦苟欢旦夕，惟恐后时。时势之衰落既足以促士气之销沉，而士气之销沉更足以增时势衰落，互相因果，而文章学术乃弥益不足论矣。故晚唐五代之散文，历代文家，乃绝少语及之者焉。

林传甲云："司马炎灭蜀汉，而匈奴刘渊昌言复雠；朱温篡唐，而沙陀李存勖昌言嗣统。中原有乱，他族乘之，汉族因之衰落，汉文亦因而萎靡。六朝时中原虽乱，江左正统犹存，其文物尚能自立。五代时中原既非正统，而江南又裂为数国焉。唐末罗隐怀才不试，好为寓言，出以过激，每不中理，然亦晚唐之后劲，吴越文人所仰景望也。钱镠为吴越王时，撰《杭州罗城记》，涉笔闲雅，亦有渊浑之气。南唐主李昇举用儒吏，戒廷臣勿言用兵，其诏辞虽渊然可诵，适以肖东晋南宋偏安之计耳。其臣张义方、江文蔚、欧阳广、潘佑之文，徐锴徐院之学，视梁陈江淹徐庾辈，文不及而学则过之矣。蜀之冯涓韦庄杜光庭，闽之徐寅、黄滔，楚之丁思觐，文学斐然，亦不让梁陈文士也。惟中原经沙陀契丹之蹂躏，文物荡尽，李继岌李严之文，曾不如北魏邢温之什一。惟王朴《平边策》，视苏绰之大诰，则远过之矣。五代武人多以彦名，而名士寥落如晨星，汉族式微，则汉文亦绝矣。数往察来，可不惧乎？南唐其能保国家者乎？"

又云："宋人修《五代史》，未列儒林文苑诸传，流俗遂疑为五季之衰，不但无治化之文，且并词章之士亦少，此何足以知五代乎？五代时周王朴之《平边策》，南唐欧阳广《论边镐必败书》，皆质实无华，有裨治化。词人才士，如罗隐梁震韩偓之流，苟全性命于乱世，亦矙然不溘也。蜀主孟氏，偏安之主也，刻石戒百官曰，尔俸尔禄，民膏民脂，下民易虐，上天难欺。今刻石偏海内，不能易其一字焉。此非治化之文欤？五代士人最无耻者莫如冯道；虽然，冯道于治化有伟大之功焉。唐长兴三年，始刻九经板，冯道请之也。近人读古书视之宋如拱璧，五代本则罕闻焉。冯道请国子监镂板，大启学界之文明焉。后世聚珍缩影日渐发明,图籍风行,学者便之,治化益臻明备,君子不以冯道为人而废其法也。"

今录王朴文一首以见五代散文之一斑:

平边策

唐失道而失吴蜀,晋失道而失幽并,观所以失之之由,知所以平之之术。当失之时,君暗政乱,兵骄民困。近者奸于内,远者叛于外。小不制而至于僭,大不制而至于滥。天下离心人不用命。吴蜀乘其乱,而窃其号,幽并乘其间而据其地。平之之术,在乎反唐晋之失而已。必先进贤退不肖以清其时,用能去不能以审其材,恩信号令以结其心,赏功罚罪以尽其力,恭俭节用以丰其财,徭役以时以阜其民。俟其仓廪实,器用备,人可用而举之。彼方之民,知我政化大行,上下同心,力强财足,人安将和。有必取之势,则知彼情状者愿为之间谍,知彼山川者愿为之先导。彼民与此民之心同,是与天意同,与天意同则无不成之功。攻取之道,从易者始。当今惟吴易图,东至海,南至江,可挠之地二千里。从少备之先挠之,备东则挠西,备西则挠东,彼必奔走以救其弊。

奔走之间,可以知彼之虚实,众之强弱,攻虚击弱,则所向无前矣。勿大举但以轻兵挠之。彼人怯弱,知我师入其地,必大发以来应；数大发则民困而国竭，一不大发则我获其利。彼竭我利，则江北诸州乃国家之所有也。既得江北，则用彼之民，扬我之兵，江之南亦不难平之也。如此则用力少而收功多。得吴则桂广皆为内臣，岷蜀可飞书而召之，如不至则四面并进，席卷而蜀平矣。吴蜀平，幽可望风而至。唯并必死之寇，不可以思信诱必须以强兵攻。力已竭，气已丧，不足以为边患，可为后图。

方今兵力精练，器用具备，群下知法，诸将用命，一稔之后，可以平边。臣书生也，不足以讲大事，至于不达大体，不合机变，惟陛下宽之！

第八节　宋古文六家之散文

《宋史·文苑传》云："自古创业垂统之君，即其一时之好尚，而一代之规橅可以豫知矣。艺祖革命，首用文吏而夺武臣之权，宋之尚文，端本乎此。太宗真宗，其在藩邸，已有好学之名；及其即位，弥文日增。自时厥后，子孙相承，上之为人君者无不典学，下之为人臣者自宰相以至令录无不擢科；海内文士，彬彬辈出焉。国初杨亿、刘筠，犹袭唐人声律之体；柳开穆修，志欲变古而力弗逮；庐陵欧阳修出，以古文倡；临川王安石，眉山苏轼，南丰曾巩起而和之，宋文日趋于古矣。南渡文气不及东都，岂不足以观世变欤？"此论宋三百余年之文学虽甚略，然其言宋初之文沿袭唐人声律之体，与唐初之文沿袭江左之骈俪体正同；而宋之有柳开穆修为欧阳之先锋，亦与唐之有元结柳冕为韩柳之先锋正同，韩之后有李翱皇甫湜等亦与欧阳之后有王曾三苏等正同也。

宋六家固不能出于韩柳范围。然若角其短长，则宋六家之传记远不及唐五家（韩、柳、李、皇甫、孙）之瑰奇；论议之文则韩柳以外，唐三家远不如宋六家之条畅动听。

《石遗室论文》云："大略宋六家之文，欧公叙事长于层累铺张，多学汉人晁错《贵粟重农疏》《淮南王安谏伐闽越书》，班孟坚《汉书》各传而济以《太史公》传赞之抑扬动荡；曾子固专学匡刘一路；苏明允揣摩子书，与长公多得力于《孟子》；荆公除万言书外，各杂文皆学韩，且专学其逆折拗劲处。桐城人之自命学韩，专学此类。盖荆公诗亦学韩，间规及杜也。"

欧阳修　　《宋史·欧阳修传》云："欧阳修字永叔，庐陵人，四岁而孤，母郑守节自誓，亲诲之学。家贫至以荻画地学书。幼敏悟过人，读书辄成诵；及冠嶷然有声。宋兴且百年，而文章体裁犹仍五季余习，锼刻骈，偶溺忍弗振，士因陋守旧，论卑气弱，苏舜元、舜钦、柳开、穆修辈，咸有意作而张之，而力不足。修游随得唐韩愈遗稿于废书簏中，读而心慕焉；苦志探赜，至忘寝食，必欲并辔绝驰而追与之并；举进士，试南宫第一擢甲科，调西京推官；始从尹洙游，为古文，议论当世事，迭相师友；与梅尧臣游为歌诗相倡和；遂以文章名冠天下。"《四部丛刊》影印元刊《居士集》五十卷，外集二十五卷，外制集三卷，内制集八卷，表奏书启四六集，七卷，奏议集十八卷，杂著述十九卷等。

《石遗室论文》云："文章之有姿态者，《尚书》惟有《秦誓》，《礼记》则《三年问》，实《荀子》也。《檀弓》作态太甚，《左传》则滋多矣。《庄子》之送君者皆自崖而返，君自此远矣二语，风神绝世。《太史公》则各传赞皆以姿态见工，而《五帝本纪》《项羽本纪》二赞，尤有神，传文则莫如《伯夷列传》。世称欧阳公文为六一风神，而莫详其所自出。世又称欧公得残本韩文，肆力学之。其实昌黎文有工夫者多，有神味者少。有神味者惟《送董邵南序》《蓝田县丞厅壁记》；若《送李愿归盘谷序》则至尘下者；《送杨少尹序》，亦作态太甚；其滑调多为八股文家所摹，切不可学；《与孟东野书》亦韩文之有风神者，然两用知吾心乐否也，尚嫌作态。意无浅深，笔无轻重，句无长短也。欧公文实多学《史记》，似韩者少。"

又云："永叔以序跋杂记为最长，杂记尤以《丰乐亭记》为最完美。起一小段已简括全亭风景，乃横插滁于五代干戈之际，得势有力。然后说由乱到治，与由治回想到乱，一波三折，将实事于虚空中摩荡盘旋，此欧公平生擅长之技，所谓风神也。今滁于江淮一小段，与修之来此一段，归结到太平之可乐，与名亭之故，收煞皆用反缴笔为佳。"

又云："欧公《有美堂记》，与《丰乐亭》《岘山亭》二记，为杂记中最工者。《醉翁亭记》则论者以为俗调矣。其实非调之俗，乃辞意过于圆滑，与《送李愿序》气味相似，殊不可学耳。然起云'环滁皆山也，其西南诸峰林壑尤美，望之蔚然而深秀者琅琊也；

山行六七里,渐闻水声潺而泻出两峰之间者酿泉也;峰回路转有亭翼然临于泉上者醉翁亭也,'起数句颇自俊爽。学《公》《穀》只学此一段而止,余另换别调,亦不讨厌。若柳子厚为之,当不全篇摹仿,《游黄溪记》惟首段仿《史记》,其证也。"

又云:《有美堂记》,中间言金陵钱塘皆僭窃于乱世,而钱塘独盛于金陵之故,才思横溢,极似汉人文字。曾子固《道山亭记》,从淮南王谏伐闽越书脱化出来,正其类也。《岘山亭记》亦以一起特胜,中间抑扬处正学《史记》传赞,岂皆自喜其名之甚二句为道著二子心坎。姚惜抱以为神韵缥缈,如所谓吸风饮露蝉蜕尘壒者,绝世之文也。此皆知其然而不知其所以然之语,极似钟伯敬《诗归》之评唐人诗妙处;至誉之太过,抑无论矣。

有美堂记

嘉祐二年,龙图阁直学士尚书吏部郎中梅公出守于杭。于其行也,天子宠之以诗,于是始作有美之堂,盖取赐诗之首章而名之,以为杭人之荣。然公之甚爱斯堂也,虽去而不忘。今年自金陵遣人走京师,命予志之,其请至六七而不倦。予乃为之言曰:夫举天下之至美与其乐有不得而兼焉者多矣。故穷山水登临之美者必之乎宽闲之野、寂寞之乡,而后得焉。览人物之盛、丽夸都邑之雄富者,必据乎四达之冲、舟车之会,而后足焉。盖彼放心于物外,而此娱意于繁华,二者各有适焉。然其为乐不得而兼也。今夫所谓罗浮天台衡岳庐阜洞庭之广,三峡之险,号为东南奇伟秀绝者,乃皆在乎下州小邑僻陋之邦。此幽潜之士,穷愁放逐之臣之所乐也。若乃四方之所聚,百货之所交,物盛人众为一都会,而又能兼有山水之美,以资富贵之娱者,惟金陵钱塘,然二邦皆僭窃于乱世。及圣宋受命,海内为一。金陵以后服见诛,今其江山虽在,而颓垣废址,荒烟野草,过而览者莫不为之踌躇而凄怆。独钱塘自五代时,知尊中国、效臣顺;及其亡也顿首请命,不烦干戈,今其民幸富完安乐。又其俗习工巧,邑屋华丽,盖十余万家。环以湖山左右映带,而闽商海贾,风帆浪舶,出入于江涛浩渺烟云杳霭之间,可谓盛矣。而临是邦者必皆朝廷公卿大臣,若天子之侍从,又有四方游士为之宾客,故喜占形胜,治亭榭,相与极游览之娱。然其于所取有得于此者,必有遗于彼,独所谓有美堂者,山水登临之美,人物邑居之繁,一寓目而尽得之。盖钱塘兼有天下之美,而斯堂者又尽得钱塘之美焉,宜乎公之甚爱而难忘也。梅公清慎好学君子也,视其所好,可以知其人焉。

大抵欧阳之文善于吞吐夷犹,最工言情之作,近代唐蔚芝先生之文近之。

曾巩 《宋史·曾巩传》云:"曾巩字子固,建昌南丰人;生而警敏,读书数百言,脱口辄诵;年十二试作六论,援笔而成;甫冠，名闻四方。欧阳修见其文奇之。中嘉祐二年进士。"《四部丛刊》影印元刊本《元丰类稿》十八卷，附录一卷。

林传甲云："江右章贡之涘，多古文家。自欧阳公起于庐陵以后，未几王安石兴于临川，曾子固出于南丰，遂极一时之盛。唐宋八家宋得其六，眉山三苏与江右各得其半焉。安石与巩缔交之情，见于安石《答段缝书》曰：巩文学论议，在某交游中不见可敌。其心勇于适道，不可以刑祸利禄动也。安石《祭曾博士易古文》，则巩之父也。故当时学者称二人曰曾王。《曾巩传》曰：安石得志后遂与之异。盖安石以新法致党祸，为宋儒所不韪。惟其文劲爽峭直，如其其为人焉。其最长者莫如《上神宗书》，其最短莫如《读孟尝君传书后》，皆传诵于世，所谓气盛则言之长短皆宜也。曾王之文有极相似者，如子固之《墨池记》，荆公之《芝阁记》，皆寂寥短章，使人味之隽永，此曾王之所长也。朱子云：熹未冠而读曾南丰先生之文，爱其词严而理正，洵子固之定评。曾王之异同，在于所持之理，其词气固未尝歧异也。"

《石遗室论文》云："曾子《固谢杜相公书》，述其父病卒，受杜公之恩，自医药以至归榇，种种关切，略云：明公虽不可起而寄天下之政，而爱育天下之人才，不忍一夫失其所之道出于自然，而推行之，不以进退，而巩独幸遇明公于此时也；在丧之中，不敢以世俗浅意，越礼进谢；丧除又维大恩之不可名，空言不足陈；徘徊迄今，一书之未进，顾其惭生于心无须臾废也。伏维明公，终赐亮察。夫明公存天下之义而无有所私，则巩之所以报于明公者，亦惟天下之义而已。誓心则然，未敢谓能也。以上可谓真性情道义之文矣。所谓亦惟天下之义者，自勉为君子，称得受此待遇。誓心二语，谦而得体；幸遇明公一层，下语最有分寸有身份，隐隐见得杜公与曾氏，有道义之感，非滥于恩施，与偏徇私情。"

又云："蓄道德能文章一语，为宋以来乞铭其祖父者循例之通词。子固以此语推崇欧公，在既得碑铭之后，则尤为非谄矣。盖乞铭于当代作者易为过当之推崇，子固之推崇，非不至，而欧公实足以当之。且抬高欧公，正所以抬高自己祖父，而说到祖父处，须无溢美，则在下语有分寸，行文有远势也。感激语分作两层，云况其子孙也哉，况巩也哉，巩非人子孙乎，见其不等寻常之子孙也。巩之不等寻常子孙者，即在遇蓄道德能文章者而后乞铭，而蓄道德能文章者又肯为之铭也。前半之反面盘旋，皆所以取此势耳。"

寄欧阳舍人书

巩顿首再拜舍人先生：去秋人还，蒙赐书及所撰先大父墓碑铭，反覆观诵，感与惭并。

夫铭志之著于世义近于史，而亦有与史异者。盖史之于善恶无所不书，而铭者盖古之人有功德材行志义之美者，惧后世之不知，则必铭而见之，或纳于庙，或存于墓，一也。苟其人之恶，则于铭乎何有？此其所以与史异也。其辞之作，所以使死者无有所憾，生者得致其严。而善人喜于见传，则勇于自立；

恶人无有所纪，则以愧而惧。至于通材达识，义烈节士，嘉言善状，皆见于篇，则足为后法警劝之道。非近乎史，其将安近？

及世之衰，人之子孙者一欲襃扬其亲，而不本乎理，故虽恶人皆务勒铭以夸后世。立言者既莫之拒而不为，又以其子孙之所请也，书其恶焉则人情之所不得，于是乎铭始太实。后之作铭者常观其人，苟托之非人，则书之非公与是，则不足以行世而传后。故千百年来公卿大夫至于里巷之士，莫不有铭，而传者盖少。其故非他，托之非人，书之非公与是故也。

然则孰为其人，而能尽公与是欤？非畜道德而能文章者无以为也。盖有道德者之于恶人则不受而铭之，于众人则能辨焉。而人之行，有情善而迹非，有意奸而外淑，有善恶相悬而不可以实指，有实大于名，有名侈于实。犹之用人，非畜道德者恶能辨之不惑，议之不徇？不惑不徇，则公且是矣。而其辞之不工，则世犹不传，于是又在其文章兼胜焉。故曰非畜道德而能文章者无以为也，岂非然哉！

然畜道德而能文章者，虽或并世而有，亦或数十年或一二百年而有之。其传之难如此，其遇之难又如此。若先生之道德文章，固所谓数百年而有者也。先祖之言行卓卓，幸遇而得铭，其公与是，其传世行后无疑也。不世之学者，每观传记所书古人之事，至其所可感，则往往尽然不知涕之流落也，况其子孙也哉？况巩也哉？其追睎祖德而思所以传之之由，则知先生推一赐于巩,而及其三世。其感与报,宜若何而图一?

抑又思若巩之浅薄滞拙,而先生进之,先祖之屯蹶否塞以死,而先生显之,则世之魁闳豪杰不世出之士,其谁不愿进于门?潜遁幽抑之士其谁不有望于世?善谁不为而恶谁不愧以惧?为人之父祖者孰不欲教其子孙?为人之子孙者孰不欲宠荣其父祖?此数美者一归于先生。既拜赐之辱,且敢进其所以然。所谕世族之次,敢不承教而加详焉?愧甚不宣。

王安石　《宋史·王安石传》云:"王安石字介甫,抚州临川人;少好读书,一过目终身不忘。其属文动笔如飞,初若不经意,既成见者皆服其精妙;友生曾巩携以示欧阳修,修为延誉,擢进士上第。"《四部丛刊》影印明刊《临川先生文集》一百卷。

介甫之文。盖以礼家而兼法家之精神者。其《上皇帝书》,实为贾生以后奏疏第一篇文字,固非深于经术而能善变者不能为。其他诸文亦极拗折凌厉,近代古文家陈石遗先生之文,其拗折处似之,而出以雅淡,一变介甫凌厉之面目。

答司马司谏书

某启:昨日蒙教,窃以为与君实游处相好之日久,而议事每不合,所操之术多异故也。虽欲强聒,终必不蒙见察,故略上报,不复一一自辨。重念蒙君实视遇厚,于反覆不宜卤莽,故今具道所以，冀君实或恕也。

盖儒者所争尤在于名实；名实已明，而天下之理得矣。今君实所以见教者，以为侵官生事、征利拒谏，以致天下怨谤也。某则以为受命于人主，议法度而修之于朝廷，以授之于有司，不为侵官；举先王之政以兴利除弊，不为生事；为天下理财，不为征利；辟邪说，难壬人，不为拒谏。至于怨诽之多，则固前知其如此也。人习于苟且非一日，士大夫多以不恤国事同俗自媚于众为善，上乃欲变此。而某不量敌之众寡，欲出力助上以抗之，则众何为而不汹汹然。盘庚之迁胥怨者民也，非特朝廷士大夫而已。盘庚不为怨者故改其度，度义而后动，是而不见可悔故也。如君实责我以在位久，未能助上大有为，以膏泽斯民，则某知罪矣。如曰今日当一切不事事，守前所为而已，则非某之所敢知，无由会晤，不任区区向往之至。

苏洵　《宋史·文苑传》云："苏洵字明允，眉州眉山人；年十七，始发愤为学；岁余，举进士，又举茂才异等，皆不中；悉焚常所为文，闭户益读书，遂通六经百家之说，下笔顷刻数千言；至和嘉祐间，与其二子轼、辙皆至京师，翰林学士欧阳修上其所著书二十二篇，既出，士大夫等传之，一时学者竞效苏氏为文章。"《四部丛刊》影印《嘉祐集》十五卷。

林传甲云："或传苏洵尝挟一书诵习，二子亦不得见，他日窃视之，则《战国策》也。轼辙兄弟，少年有才，皆习于其父之业，长于议论，各有峥嵘气象；及其成也，子瞻为文愈奇，子由为文愈淡。或讥子由未足列于八家，特附父兄之骥，亦非无因也。今合观老苏之《嘉祐集》，大苏之《东坡集》，小苏之《栾城集》，虽气息略同，而面目小异，知子瞻子由，皆不借父兄而传也。苏过为名父之后，其《飓风赋》《思子台赋》，亦称于世，诗书之泽深矣。苏氏同时文人黄庭坚，秦观，张耒，晁补之，毕仲游诸家文体，多类苏氏，亦一时风气为之也。"

　　《石遗室论文》云："苏明允《衡论》以第二篇《御将》为千古不易之论，关于天下乱注意将者至为重大，此正老泉学《孟子》之显证。盖论事设譬，莫善于《孟子》，以事理有难明，借譬一事，则易明也，《庄子》则离奇俶诡，尤多以寓言出之，但文理奥曲，不如《孟子》之明白，尽人可晓也。此篇主意分贤将才将为二种，御贤将当以信，御才将当以智；又分大才将小才将为二种，将曰御才将尤难。次段以能蹄能触者譬难御之才将，又以养骐骥养鹰分譬御大才将小才将不同之处；又历举古来才将以证明之。中段又历举汉高之御韩信，彭越，黥布，及樊哙，滕公，灌婴以证明之，方非泛论，文势方不平弱。"

御将

　　人君御臣，相易而将难。将有二：有贤将，有才将。而御才将尤难。御相以礼，御将以术，御贤将之术以信，御才将之术以智。不以礼不以信是不为也。不以术不以智是不能也。故曰：御将难，而御才将尤难。

六畜其初皆兽也。彼虎豹能搏能噬，而马亦能蹄，牛亦能触。先王知能搏能噬者不可以人力制，故杀之。杀之不馆，驱之而后已。蹄者可驭以羁绁，触者可拘以楅衡，故先王不忍弃其才，而废天下之用。如曰是能蹄，是能触当与虎豹并杀而同驱，则是天下无骐骥，终无以服乘耶？

先王之选才也，自非大奸剧恶如虎豹之不可以变其搏噬者，未尝不欲制之以术而全其才以适于用。况为将者又不可责以廉隅细谨，顾其才何如耳。汉之卫霍赵充国，唐之李靖李勣，贤将也。汉之韩信黥布彭越，唐之薛万彻、侯君集、盛彦师，才将也。贤将既不多有，得才者而任之可也。苟又曰是难御，则是不肖者而后可也。结以重恩，示以赤心，美田宅，丰饮馔，歌童舞女以极其口腹耳目之欲，而折之以威，此先王之所以御才将者也。近之论者或曰将之所以毕智竭力，犯霜露、蹈白刃而不辞者，冀赏耳。为国家者不如勿先赏以邀其成功。或曰赏所以使人，不先赏，人不为我用。是皆一隅之说，非通论也。将之才固有大小，杰然于庸将之中者才小者也，杰然于才将之中者才大者也。才小志亦小，才大志亦大，人君当观其才之小大而为制御之术，以称其志。一隅之说，不可用也。

夫养骐骥者丰其刍粒，洁其羁络，居之新闲，浴之清泉，而后责之千里。彼骐骥者其志常在千里也,夫岂以一饱而废其志哉。至于养鹰则不然,获一雉,饲以一雀,获一兔饲以一鼠。彼知不尽力于击,则其势无所得食,故然后为我用。才大者骐骥也,不先赏之是养骐骥者饥之而责其千里,不可得也。才小者鹰也,先赏之是养鹰者饱之而求其击搏,亦不可得也。是故先赏之说,可施之才大者,不先赏之说,可施之才小者。兼而用之可也。昔者汉高帝一一见韩信,而授以上将,解衣衣之,推食哺之;一见黥布而以为淮南王,供具饮食如王者;一见彭越而以为相国。当是时三人者未有功于汉也。厥后追项籍垓下,与信越期而不至,捐数千里之地以畀之,如弃敝屣。项氏未灭,天下未定,而三人者已极富贵矣。何则?高帝知三人者之志大,不极于富贵,则不为我用。虽极于富贵,而不灭项氏,不定天下,则其志不已也。至于樊哙滕公灌婴之徒则不然,拔一城,陷一阵,而后增数级之爵,否则终岁不迁也。项氏已灭,天下已定,樊哙滕公灌婴之徒,计百战之功而后爵之通侯。夫岂高帝至此而啬哉,知其才小而志小,虽不先赏不怨,而先赏之则彼将泰然自满,而不复以立功为事故也。噫!方韩信之立于齐,蒯通、武涉之说未去也。当是之时而夺之王,汉其殆哉。夫人岂不欲三分天下而自立者?而彼则曰:"汉王不夺我齐也。"故齐不捐则韩信不怀。韩信不怀,则天下非汉之有。呜呼!高帝可谓知大计矣。

苏轼　《宋史·苏轼传》云："苏轼字子瞻，眉州眉山人；生十年，父洵游学四方，母程氏，亲授以书，闻古今成败，辄能语其要；程氏读东汉《范滂传》，慨然太息，轼请曰：轼若为滂，母许之否乎？程氏曰：汝能为滂，吾顾不能为滂母邪？比冠博通经史，属文日数千言；好贾谊陆贽书，既而读《庄子》，叹曰：吾昔有见，口未能言，今见是书，得吾心矣。方时文磔裂诡异之弊胜，主司欧阳修思有以救之，得轼《刑赏忠厚》论，惊喜欲擢冠多士，犹疑其客曾巩所为，但置第二，复以《春秋对义》居第一，殿试中乙科；后以书见修，修语梅圣俞曰：吾当避此人出一头地。闻者始哗不厌，久乃信服。"《四部丛刊》影印宋刊本《经进东坡文集事略》六十卷。

超然台记

凡物皆有可观。苟有可观，皆有可乐，非必怪奇伟丽者也。餔糟啜醨，皆可以醉；果蔬草木，皆可以饱，推此类也，吾安往而不乐。

夫所为求福而辞祸者，以福可喜而祸可悲也。人之所欲无穷，而物之可以足吾欲者有尽，美恶之辨战乎中，而去取之择交乎前。则可乐者常少，而可悲者常多。是谓求祸而辞福。夫求祸而辞福，岂人之情也哉？物有以盖之矣。彼游于物之内，而不游于物之外。物非有大小也，自其内而观之，未有不高且大者也。彼挟其高大以临我，则我常眩乱反覆，如隙中之观斗，

— 166 —

又乌知胜负之所在。是以美恶横生，而忧乐出焉，可不大哀乎。

予自钱塘移守胶西，释舟楫之安，而服车马之劳；去雕墙之美，而庇采椽之居；背湖山之观，而行桑麻之野。始至之日，岁比不登，盗贼满野，狱讼充斥；而斋厨索然，日食杞菊。人固疑予之不乐也。处之期年而貌加丰发之白者日以反黑。予既乐其风俗之淳，而其吏民亦安予之拙也。于是治其园圃，洁其庭宇，伐安邱高密之木以修补破败，为苟完之计。而园之北，因城以为台者旧矣，稍葺而新之。时相与登览，放意肆志焉。南望马耳常山，出没隐见，若近若远，庶几有隐君子乎！而其东则卢山，秦人卢敖之所从遁也。西望穆陵，隐然如城郭，师尚父齐桓公之遗烈，犹有存者。北俯潍水，慨然太息思淮阴之功，而吊其终。台高而安深而明，夏凉而冬温。雨雪之朝，风月之夕，予未尝不在，客未尝不从。撷凉蔬，取池鱼，酿秫酒，瀹脱粟而食之，曰乐哉游乎！

方是时予弟子由适在济南，闻而赋之，且名其台曰超然，以见予之无所往而不乐者，盖游于物之外也。

柱按子瞻此文盖深有得于《庄子》者。《石遗室论》文云："古人文字凡属地理者每言四至，《禹贡》言东渐于海，西被于流沙，朔南暨，声教讫于四海，《左传》言东至于海，西至于河，南至于穆陵，北至于无棣，又言薄姑商奄吾东土也，巴濮楚邓吾南土也云云，皆言其盛时也。若崤之战，蹇叔送其子曰：崤有二陵焉，其南陵夏后皋之墓也，其北陵文王之所辟风雨也，必死是间，余收尔骨焉。则望古洒泪之辞。东坡本之以作《凌虚台记》云：尝试与公登台而望，其东则秦穆之祈年橐泉，其西则汉武之长杨五柞，其北则隋之仁寿，唐之九成也，计其一时之盛，闳极伟丽坚固而不可动者，岂特百倍于台而已哉？又本之以作《超然台记》云：南望马耳常山，出没隐见，若近若远，庶几有隐君子乎？而其东之卢山，秦人卢敖之所从遁也；西望穆陵，隐然如城郭，师尚父齐桓公之遗烈犹有存者；北俯潍水，慨然太息，思淮阴之功，而吊其不终。又本之以作《赤壁赋》曰：东望夏口，西望武昌。皆抚今吊古，感慨系之，但屡用之，亦足取厌。"

　　苏辙　《宋史·苏辙传》云："苏辙字子由；年十九，与兄轼同登进士科，又同策制举。性沉静简洁，为文汪洋澹泊似其为人，不愿人知之而秀杰之气，终不可掩，其高处殆与兄轼相迫。"《四部丛刊》影印明活字本《栾城集》五十卷后集二十四卷三集十卷。

上枢密韩太尉书

　　太尉执事：辙生好为文，思之至深。以为文者气之所形，然文不可以学而能，气可以养而致。孟子曰："我善养吾浩然之气。"今观其文章，宽厚宏博，充乎天地之间，称其气之小大。太史公行天下，周览四海名山大川，与燕赵间豪俊交游，故其文疏荡颇有奇气。此二子者岂尝执笔学为如此之文哉？其气充乎其中，而溢乎其貌，动乎其言，而见乎其文，而不自知也。

辙生十有九年矣。其居家所与游者不过其邻里乡党之人；所见不过数百里之间，无高山大野可登览以自广；百氏之书虽无所不读，然皆古人之陈迹，不足以激发其志气。恐遂汩没，故决然舍去求天下奇闻壮观，以知天地之广大。过秦汉之故都，恣观终南嵩华之高，北顾黄河之奔流，慨然想见古之豪杰。至京师，仰观天子宫阙之壮，与仓廪府库城池苑囿之富且大也，而后知天下之巨丽。见翰林欧阳公听其议论之宏辨，观其容貌之秀伟，与其门人贤士大夫游，而后知天下之文章聚乎此也。太尉以才略冠天下，天下之所恃以无忧，四夷之所惮以不敢发，入则周公召公，出则方叔召虎。而辙也未之见焉。

且夫人之学也不志其大，虽多而何为？辙之来也于山见终南嵩华之高，于水见黄河之大且深，于人见欧阳公，而犹以为未见太尉也。故愿得观贤人之光耀，闻一言以自壮，然后可以尽天下之大观而无憾矣。

辙年少，未能通习吏事。向之来非有取于斗升之禄，偶然得之，非其所乐。然幸得赐归待选，使得优游数年之间，将归益治其文且学为政。太尉苟以为可教而辱教之，又幸矣！

宋六家之文体，欧阳最长于言情，子固介甫长于论学，三苏长于策论。其后朱子继南丰之作，为道学派之文。三苏之文，至叶適陈亮等流为功利派之文矣。

　　要而论之，宋六家之文，虽不能出韩柳之范围；然亦略有变态。自来以散文而最善言情者，于战代有庄周，言哲理而长于情韵；于汉有司马迁，述史事而擅于风神。自此以外，多莫能逮。至六朝有文笔之分，则言情者属文，说理者属笔；文即诗赋骈文，笔即今之散文也。至唐韩退之倡为古文，虽名为起八代之衰，而文笔分涂，实亦尚沿六朝之习。故昌黎散文，言情者不多，而多于韵文出之。至宋之欧阳六一，而后上追司马，虽气象大小不侔，而风情独绝。于是六朝所认为笔者，亦变而为文矣。故欧阳散文，几无一不善言情，无一不工神韵。曾王三苏，亦受其影响。世徒怪昌黎散文不工言情者，殆未知此中关键者也。

第九节　道学家之散文

　　自刘勰《文心雕龙》首《原道》一篇，有云："爰自风姓，暨于孔氏，玄圣创典，素王述训，莫不原道心以敷章，研神理而设教，取象乎河洛，问数乎蓍龟，观天文以极变，察人文以成化；然后能经纬区宇，弥纶彝宪，发辉事业，彪炳辞义；故知道沿圣以垂文，圣因文而明道，旁通而无滞，日用而不匮。《易》曰：鼓天下之动者存乎辞。辞之所以能鼓动天下者，乃道之文也。"此已主张文以载道之说，为唐以来提倡古文家者所本。且其意亦以为非文则无以见道，则文尤明道者所不能不先贵者也。至宋道学家出，始以文为玩物丧志。程子曰："圣贤之言不得已也。盖有是言则是理明，无是言则天下之理有阙焉。如彼耒耜陶冶之器一不制，则生人之道有不足矣。圣贤之言，虽欲已得乎？然其包涵尽天下之理，亦甚约矣。后之人始执卷则以文章为先，平生所为动多于圣人。然有之无所补，无之靡所阙，乃无用之赘言也。不止赘而已，既不得其要，则离真失正，反害于道，必矣。问作文害道否？曰：害也。凡为文不专意则不工。若专意则志局于此，又安能与天地同其大也。《书》曰：玩物丧志。为文亦玩物也。吕与叔有诗云：学如元凯方成癖，文似相如始类俳。独立孔门无一事，只输颜氏得心斋。此诗甚好。古之学者惟务养情性，其他则不学。今为文者专务章句悦人耳目，既务悦人，非俳优而何？曰：古者学为文否？曰：人见六经便以为圣人亦作文，不知圣人亦摅发胸中所蕴。自成文耳，所谓有德者必有言也。曰：游夏称文学，何也？曰：游夏亦何尝秉笔学为词章。且如观乎天文以察时变，观乎人文以化成天下，此岂词章之文也？"（见《二程全书》）而朱子亦云："言或可少而德不可无。有德而有言者常多；有德而不能言者常少。学者先务亦勉于德而已矣。"皆主重道轻文，于是道学家遂有语录一体。然程朱之文亦自工，而朱子尤得曾南丰之法。

程颐 《宋史·道学传》，"程颐字正叔，年十八，上书阙下，欲天子黜世俗之论，以王道为心；游太学，见胡瑗，问颜子所好所学，颐因答曰：学以至圣人之道也。瑗得其文，大惊异之，即延见处以学职"。

周易传序

　　易变易也，随时变易以从道也，其为书也广大悉备，将以顺性命之理，通幽明之故，尽事物之情，而示开物成务之道也。圣人之忧患后世，可谓至矣。去古虽远，遗经尚存，而前儒失意以传言，后学诵言而忘味，自秦而下，盖无传矣。予生千载之后，悼斯文之湮晦，将俾后人沿流而求源，此传所以作也。易有圣人之道四焉，以言者尚其辞，以动者尚其变，以制器者尚其象，以卜筮者尚其占。吉凶消长之理，进退存亡之道备于辞，推辞考卦，可以知变，象与占在其中矣。君子居则观其象而玩其辞，动则观其变而玩其占，得其辞不达其意者有矣。未有不得于辞而能通其意者也。至微者理也，至著者象也。体用一源，显微无间，观会通以行其典礼，则辞无所不备，故善学者求言必自近，易于近者非知言者也。予所传者辞也，由辞以得其意，则在乎人焉。

然辞不能不尚，亦程氏之所共认者也。

朱熹　《宋史·道学传》，"朱熹字元晦，一字仲晦，徽州婺源人。熹幼颖悟，甫能言，父指天示之曰：天也。熹问曰：天之外何物？父异之，就传授以孝经，一阅题其上曰，不若是非人也。尝从群儿戏沙上,独端坐以指画沙,视之八卦也。年十八,贡于乡,中绍兴八年进士"。《四部丛刊》影印明刊《朱文公集》一百卷续集十一卷别集十卷。

论语要义目录序

　　鲁论语二十篇,古论语一十一篇,齐论语二十二篇,魏何晏等集汉魏诸儒之说,就鲁论篇章,考之齐古为之注。本朝至道咸平间,又命翰林学士邢昺等取皇甫侃疏,约而修之,以为正义,其于章句训诂,名器事物之际,详矣。熙宁中神祖垂意经术,始置学官,以幸学者。而时相父子,逞其私智,尽废先儒之说,妄意穿凿,以利于天下之人,而涂其耳目。一时文章豪杰之士,盖有知其是非而傲然不为之下者。顾其所以为说,又未能卓然不叛于道。学者趋之,是犹舍夷貉而适戎蛮也。当此之时,河南二程先生,独得孟子以来不传之学于遗经,其所以教人者亦必以是为务,然其所以言之者则异乎人之言之矣。熹年十三四时,受其说于先君,未通大义,而先君弃诸孤,中间历访师友以为未足,于是编求古今诸儒之说合而编之。诵习既久,益以迷眩,晚亲有道,窃有所闻,然后知其穿凿支离者固无足取。至于其余,或引据精密,或解析通明,非无一辞一句之可观,顾其于圣人之微意,则非程氏之传矣。隆兴改元,屏居无事,与同志一二人,从事于此,慨然发愤,尽删余说,及其门人朋友数家之说，补缉订正，以为一书，目之曰《论语要义》。盖以为学者之读是书，其文义名物之详，当求之注疏，有不可略者，若其要义，则于此其庶几焉。学者第熟读而深思之，优游涵泳，久而不舍，必将有以自得于此。本既立，诸家之说，有不可废者，徐从而观之，则其支离诡谲。乱经害性之说，与夫近世出入离遁，似是而非之辨，皆不能为吾病。呜呼，圣人之意其可以言传者，具于是矣。不可以言传哉亦岂外乎是哉！深造而自得之，特在夫学者加之意而已矣。因取凡要义名氏大概具列如左，而序其意云。

观二子之文，其粹然醇雅，蔼然中和如此，非德性涵养之功深者，乌能至是哉。

朱璘云，两程子间有所作，如《易传》《春秋》诸序，理确词严，古雅绝伦，惜乎其存者尚少。至考亭文公，天纵之才，起而集诸儒之大成，幼读《二程遗书》，既有得于斯道；生平笺注经传，校正诸儒之书，无不极其精核。今读其文章，诸体具备，微之天人性命之理，显之礼乐文物之原，上之朝廷之建白，下之师友之答问，盖无一不极探其原本，而详示以用功之要。其文字之工，真如清庙之瑟，一唱三叹，使人往复流连，不能自已。

第十节　民族主义派之散文

　　文之最足感人者莫如激于忠义之情者，盖爱国之心，本乎良知，所谓此心同此理同也。吾国自古以来，为爱国而奋斗，最忠勇最热烈者莫若宋之岳飞、文天祥、陆秀夫、谢枋得、郑思肖诸人，盖此诸人既本忠爱之诚，亦以异族欲僭主中华，本《春秋》攘夷之义，非其种者务锄而去；故其文章皆可歌可泣，足以廉顽立懦，是天地间之正气所寄，吾民族最可贵之文也。而历代选文论文者多不及之，是可怪也。惜以限于篇幅，不能多所论列，略论述两三人以见一斑而已。

　　岳飞　《宋史·岳飞传》云："岳飞字鹏举，相州汤阴人。世力农，父和能节食，以济饥者，有耕者侵其地，割而与之，贳其财者不责偿。飞生时有大禽若鹄，飞鸣室上，因以为名。未弥月，河决，内黄水暴至，母姚抱飞坐瓮中，冲涛及岸得免，人异之。少负节气，沉厚寡言，家贫力学，尤好《左氏春秋》，《孙吴兵法》。生有神力，未冠，挽弓三百斤，弩八百石；学射于周同，尽其术，能左右射。同死，朔望设祭于其家，父义之，曰：汝为时用，其徇国死义乎？"《宋史》论之曰："西汉而下，若韩彭绛灌之为将，代不乏人，求其文武全器，仁智并全，如宋岳飞者一代岂多见哉？史称关云长通《春秋左氏》，然未尝见其文章。飞北伐军至汴梁之朱仙镇，有诏班师，飞自为表答诏，忠义之言，流出肺腑，真有诸葛孔明之风；而卒死于秦桧之手。盖飞与桧势不两立；使飞得志，则金仇可复,宋耻可雪;桧得志则飞有死而已。昔刘宋杀檀道济。道济下狱,嗔目曰:自坏汝万里长城。高宗忍自弃其中原,故忍杀飞。呜呼,冤哉,呜乎冤哉?"《四库总目·岳武穆遗文》一卷。

岳飞诗词均工,其《满江红》一词,久已脍炙人口。其文则世鲜读之,而不知其散文亦甚工也。

五岳词盟记

自中原板荡,夷狄交侵,余发愤河朔,起自相台,总发从军,历二百余战。虽未能远入荒夷,洗荡巢穴,亦且快国仇之万一。今又提一旅孤军,振起宜兴建康之城,一鼓败虏,恨未能使匹马不回耳。故且养兵休卒,蓄锐待敌,当激士卒,功期再战。北踰沙漠,蹀血虏廷,尽屠夷种,迎二圣归京阙,取故土下版图,朝廷无虞,主上奠枕,余之愿也。河朔岳飞题。

广德军金沙寺壁题记

余驻大兵宜兴,沿干王事过此,陪僧僚谒金仙,徘徊暂憩,遂拥铁骑千余,长驱而往。然俟立奇功,殄丑虏,复三关,迎二圣,使宋朝再振,中国安强,他时过此,得勒金石,不胜快哉!建炎四年四月十二日河朔岳飞题。

永州祁阳县大营驿题记

权湖南帅岳飞,被旨讨贼曹成。自桂岭平荡巢穴,二广湖湘,悉皆安妥,痛念二圣,远狩沙漠,天下靡宁,誓竭忠孝。赖社稷威灵,君相贤圣,他日扫清胡虏,复归故国,迎两宫还朝,宽天子宵旰之忧,此所志也。顾蜂蚁之群,岂足为功。过此因留于壁。绍兴二年七月初七日。

文天祥　《宋史·文天祥传》云:"文天祥字宋瑞,又字履善,吉之吉水人也。体貌丰伟,美晳如玉,秀眉而长目,顾盼烨然。自为童子时,见学宫所祠乡先生欧阳修,杨邦乂,胡铨像,皆谥曰忠,即欣然慕之曰:没不俎豆其间,非夫也。"

又云:"自古志士欲信大义于天下者,不以成败利钝动其心。君子命之曰仁,以其合天理之正,即人心之安尔。商之衰,周有代德,盟津之师,不期而会者八百国;伯夷叔齐以两男子欲扣马而止之,三尺童子知其不可。他日孔子贤之则曰求仁而得仁。宋至德祐亡矣,文天祥往来兵间,初欲以口舌存之;事既无成,奉两孱王,崎岖岭海,以图兴复,兵败身执,留之数年,如虎兕在柙,百计驯之,终不可得。观其从容伏质,就死如归,是所欲有甚于生者,可不谓之仁哉?"《四部丛刊》影印明刊本《文山先生集》二十卷。

指南录后序

德佑二年正月十九日，予除名丞相兼枢密使都督诸路军马。时北兵已迫修门外，战守迁皆不及施。缙绅大夫士萃于左丞相府，莫知计所出。会使辙交驰，北邀当国者相见，众谓予一行为可以纾祸。国事至此，予不得爱身，意北亦尚可以口舌动也。初奉使往来无留北者，予更欲一觇北，归而求救国之策。于是辞相印不拜，翌日以资政殿学士初至北营，抗辞慷慨，上下颇惊动，北亦未敢遽轻吾国。不幸吕师孟构恶于前，贾馀庆献谄于后，予羁縻不得还，国事遂不可收拾。予自度不得脱，则直前诟房帅失信，数吕师孟叔侄为逆，但欲求死，不复顾利害。北虽貌敬，实则愤怒，二贵酋名曰"馆馀"，夜则以兵围所寓舍，而予不得归矣。

未几贾馀庆等以祈请使诣北。北驱予并往，伴而不在使者之目。予分当引决，然而隐忍以行。昔人云："将以有为也。"

至京口得间奔真州，即具以北虚实告东西二阃，约以连兵大举。中兴机会，庶几在此。留二日维扬帅下逐客之令。不得已变姓名，诡从迹，草行路宿，日与北骑相出没于长淮间。穷饿无聊，追购又急，天高地迥，号呼靡及。已而得舟，避渚洲，出北海，然后渡扬子江，入苏州洋，展转四明天台，以至永嘉。

呜呼！予之及于死者不知其几矣！诋大酋当死；骂逆贼当

死;与贵酋处二十日争曲直,屡当死;去京口挟匕首以备不测,几自颈死;经北舰十余里,为巡船所物色,几从鱼腹死;真州逐之城门外,几彷徨死;如扬州过瓜州杨子桥,竟使遇哨无不死;扬州城下进退不由,殆例送死;坐桂公塘土围中,骑数十过其门,几落贼手死;贾家庄几为巡徼所陵迫死,夜趋高邮迷失道,几陷死;质明避哨竹林中,逻者数十骑,几无所逃死;至高邮制府檄下,几以捕系死;行城子河出入乱尸中,舟与哨相后先,几邂逅死;至海陵如高沙,常恐无辜死;道海安如皋,凡三百里,北与寇往来,其间无日而非可死;至通州几以不纳死;以小舟涉鲸波出,无可奈何,而死固付之度外矣!呜呼!生死昼夜事也,死而死矣,而境界危恶,层见错出,非人世所堪。痛定思痛,痛何如哉!

予在患难中,间以诗记所遭,今存其本,不忍废,道中手自抄录。使北营留北关外为一卷;发北关外历吴门毗陵,渡瓜洲复还京口为一卷;脱京口趋真州扬州高邮泰州通州为一卷;自海道至永嘉来三山为一卷。将藏之于家,使来者读之,悲予志焉。

呜呼!予之生也幸,而幸生也何为?祈求乎为臣,主辱臣死有余僇;祈求乎为子,以父母之遗体行殆而死有余责。将请罪于君,君不许;请罪于母,母不许;请罪于先人之墓。生无以救国难,死犹为厉鬼,以击贼,义也。赖天之灵,宗庙之福,修我戈矛，从王于师，以为前驱，雪九庙之耻，复高祖之业，所谓誓不与贼俱生，所谓鞠躬尽力死而后已，亦义也。嗟夫！若予者将无往而不得死所矣。向也使予委骨于草莽，予虽浩然无所愧怍，然微以自文于君亲，君亲其谓予何？诚不自意返吾衣冠，重见日月，使旦夕得正邱首，复何憾哉！复何憾哉！

是年夏五，改元景炎，庐陵文天祥自序其诗，名曰指南录。

狱中家书

父少保枢密使都督信国公批付男陞子：汝祖革斋先生，以诗礼起门户，吾与汝生父及汝叔，同产三人。前辈云："兄弟其初一人之身也。"吾与汝生父，俱以科第通显，汝叔亦致簪缨，使家门无虞，骨肉相保，皆奉先人遗体以终于牖下，人生之常道也。不幸宋遭阳九，庙社沦亡。吾以备位将相，义不得不殉国；汝生父与汝叔，姑全身以全宗祀。惟忠惟孝，各行其志矣。

吾二子，长道生，次佛生。佛生之于乱离，寻闻已矣；道生汝兄也，以病没于惠之郡治，汝所见也。呜呼痛哉！吾在朝阳闻道生之祸哭于庭，复哭于庙，即作家书报汝生父，以汝为吾嗣。兄弟之子曰犹子，吾子必汝，义之所出，心之所安，祖宗之所享，鬼神之所依也。及吾陷败居北营中，汝生父书自惠阳来，曰："陞子宜为嗣，谨奉朝阳之命。"及来广州，为死别，复申斯言。传云："不孝无后为大。"吾虽孤子于世，然吾革斋之子，汝革斋之孙，吾得汝为嗣，不为无后矣。吾委身社稷而复逭不孝之责，赖有此耳。

汝性质阆爽，志气不暴，必能以学问世吾家。吾为汝父，不得面日训汝诲汝，汝于六经，其专治春秋，观圣人笔削褒贬轻重内外，而得其说，以为立身行己之本。识圣人之志，则能继吾志矣。吾网中之人，引决无路，今不知死何日耳。礼狐死正丘首。吾虽死万里之外，岂顷刻而忘南向哉！吾一念已注于汝，死有神明，厥惟汝歆。仁人之事亲也，事死如事生，事亡如事存，汝念之哉！岁辛巳元日书于燕狱中。

郑思肖　郑思肖字忆翁，又字所南，连江人，初名某，宋亡乃改思肖，即思赵也。所南以太学生，应博学弘词科。元兵南下，宋社既虚，适意缁黄，称三外野人。善画兰，宋亡，为兰不著土根；或叩其故，则曰地已为番人夺去，汝犹未知邪？有《文集》一卷。

文丞相叙

国之所与立者非力也，人心也。故善观人之国家者，惟观人心何如尔。此固儒者寻常迂阔之论，然万万不逾此理。今天下崩裂，忠臣义士，死于国者极慷慨激烈，何啻百数。曾谓汉唐末年有是夫，于是可以觇国家气数矣。艺祖曰，宰相须读书人。大哉王言，直验于三百年后。丞相文公天祥，才略奇伟，临大事无惧色，不敢易节。德祐一年乙亥夏，遭鞑深迫内地。公时居乡，挺然作檄书，尽倾家赀，纠募吉赣乡兵三万人勤王，除浙西制置使。九月，至平江开闻，十一月，朝廷召公以浙西制置使勤王入行在。二年丙子正月，鞑兵犯行在皋亭山。丞相陈宜中奏请三宫不肯迁驾，即潜挟二王奔浙东。鞑伪丞相伯颜闻而心变，意欲直入屠弑京城。在朝公卿咸惊惧，众怂恿文公使鞑军前，与虏语。朝廷假公以丞相名，及出，一见逆臣吕文焕，即痛数其罪，又见逆臣范文虎，亦痛数其罪。文焕文虎意俱怒，导见虏酋伯颜，公竟据中坐胡床，仰面瞠目，拈须翘足，倨傲谈笑。虏酋伯颜问其为谁。公曰大宋丞相文天祥。伯颜责不行胡跪之礼。公曰，我南朝丞相，汝北朝丞相，丞相见丞相，不跪。遂终不屈。其他公卿朝士见虏酋或跪或拜，卖国乞命，独公再三与鞑酋伯颜慷慨辨论，尚以理折其罪，辩析夷夏之分。语意皆不失国体，深反覆论文焕之逆，伯颜竟解文焕兵权，又沮遏伯颜直入屠弑虏掠京城百姓之凶，伯颜怒终敛，为其所留，不复纵入京城，竟挟北行。至京口，贼酋阿术勒丞相诸使亲札谕维扬降鞑，独文公不肯署名，虏酋暂留公京口虏馆。时维扬坚守城壁，与贼酋阿术据京口对垒。虏贼禁江禁夜，把路把巷，甚严密。公间关百计，掷金买监绊者之心，寓意同监绊虏酋，往来妓馆,亵狎买笑,意甚相得相忘。又得架阁杜浒相与为谋,二月晦,夜遁出城,偷渡江,登真州岸,偷历贼寨,劳苦跋涉难譬。时全太后幼帝北狩,将道经维扬,公欲借维扬,小兵与贼战,邀夺二宫还行内。公叫扬州城,扬州疑公不纳。复西行叫真州城,即差军送东往泰州。由海而南,南北之人悉以公为神,朝廷重拜为右丞相。又于汀漳间募士卒万余人,剿叛臣易正大,驱驰二三年。景炎三年,岁在戊寅十一月,潮阳县值贼,服脑子不死,为贼所擒,终不屈节,谈笑自若。贼以刀胁之,笑曰:死末事也,此岂可吓大丈夫耶?尝伸颈受之。贼逼公作书说张少保世杰叛南归北,公曰:我既大不孝,又教人不孝父母耶?不从其说。贼擒公至幽州,见伪丞相博罗等不跪。众房控持,搦腰捺足,必欲其跪,则据坐地上叱骂曰:此刑法耳,岂礼也!贼命通事译其语,谓公曰:不肯投拜,有何言说?公曰,天下事有兴有废,自古帝王及将相,灭亡诛戮,何代无之?我今日忠于大宋,社稷至此,何说?汝贼辈早杀我则毕矣。贼曰:语止此,汝道有兴有废,古时曾有人臣将宗庙城郭土地付与别国了又逃去,有此人否?公曰,汝谓我前日为宰相,奉国与人而后去之耶?奉国与人是卖国之臣,卖国者有所利而为之,去之者非卖国者也。我前日奉旨使汝伯颜军前,被伯颜执我去。我本当死,所以不死者,以度宗之二太子在浙东,老母在广,故为去之之图尔。贼曰:德祐嗣君非尔君耶?公曰:吾君也。

贼曰：弃嗣君别去立二王，如何是忠臣？公曰：德祐嗣君，吾君也，不幸失国，当此之时，社稷为重，君为轻。我立二王为宗庙社稷计，所以为忠臣也。从怀帝愍帝而北者非忠臣，从元帝为忠臣，从徽宗钦宗而北者非忠臣，从高宗为忠臣。贼曰：二王立得不正，是篡也。公曰：景炎皇帝度宗长子，德祐嗣君之亲兄，如何是不正？登极于德祐已去之后，如何是篡？陈丞相奉二王出宫，具有太皇太后圣旨，如何是无所授命？天与之，人与之，虽无传受之命推戴而立，亦何不可？贼曰：你既为丞相，若奉三宫走去，方是忠臣。不然则引与伯颜决胜负，方是忠臣。公曰：此语可责陈丞相，不可责我，我不当国故也。贼曰：汝立二王，曾为何功劳？公曰：国家不幸丧亡，我立君以存宗庙，存一日则一日尽臣子之责，何功劳之有？贼曰：既知不可为何必为？公曰：人臣事君如子事父，父不幸有疾，虽明知不可为，岂有不下药之理？尽吾心尔，若不可救则命也。今日我有死而已，何必多言。贼曰：汝要死，我不教汝死，必欲汝降而后已。公曰：任汝万死万生煅炼试观我变耶不变耶！我大宋之精金也，焉惧汝贼辈之磷火耶！汝至死，我而止，而我之不变者初不死也。叨叨语千万劫，汝只有夷狄，我只是大宋丞相。杀我即杀我，迟杀我我之骂愈烈。昔人云：姜桂之性到死愈辣。我亦曰：金石之性，要终愈硬。公后又云：自古中兴之君如少康以遗腹子兴于一旅一成。宣王承厉王之难，匿于周公之家，召周二相立以为王。幽王废宜臼，立伯服为太子。犬戎之乱，诸侯迎之，宜臼是为平王。汉光武兴于南阳，蜀先主帝巴蜀，皆是出于推戴。如唐肃宗即位灵武，不禀命于明皇，似类于篡，然功在社稷，天下后世无贬焉。禹传益不传启，天下之人皆曰启吾君之子也？讴歌讼狱者归之。汉文帝即是平勃诸臣所立，岂有高祖惠帝吕后之命？春秋亡公子入为国君者何限？齐桓晋文是也。谁谓奔去者不当立？前日汝贼来犯大纪，理不容太避。二王南奔势也，得程婴公孙杵臼辈，出存赵氏，为天下立纲常主。揆诸理而不谬，又宁复问有无授命耶。惜乎先时不曾以此数事历历详说，与贼酋一听。此皆公首陷幽州之语。公始被贼擒，欲一见忽必烈犬骂就死，机泄竟不令见忽必烈。因叛臣青阳留梦炎教忽必烈曰：若杀之则全彼为万世忠臣，不若活之，徐以术诱其降，庶几郎主可为盛德之王。忽必烈深善其说，故公数数大肆骂詈，忽必烈知而容忍之，必欲以术陷之于叛而后已。数使人以术劫刺耳语，公始终一辞曰：我决不变也！但求早杀我为上。贼屡遣旧与公同朝之士，密诱化其心。公曰：我惟欲得五事，曰剐曰斩曰锯曰烹曰投于大水中，惟不自杀耳。贼又勒太皇传谕说公降鞑，公亦不听。诸叛臣在北，妒其忠烈，与贼通谋，密设机阱夺其志。公卒不陷彼计，反明以语鞑。众酋尽伏其智，且俾南人群然问六经子史奇书释老等疑难之事，令堕于窘乡。众谋折其短误，公朗然辩析议论，了无不通，强辩者皆屈。北人有敬公忠烈，求诗求字者俱至，迅笔书与悉不吝。公妻妾子女先为贼所虏。后贼俾公妻妾子女来哀哭劝公叛。公曰：汝非我妻妾子女也。果曰真我妻妾子女，宁肯叛而从贼耶？弟璧来亦如是辞之。璧已受伪爵，尝以鞑钞四百贯遗。兄公曰：此逆物也，我不受。璧惭而卷归。后公竟如风狂状，言语更烈。一见鞑之酋长必大叱曰：去！有南人往谒，公问：汝来何以？曰：来求北地勾当。公即大叱之曰：去！是人数日复来谒，已忘其人曾来。复问曰：汝来何以？是人晓公意恶鞑贼，绐对曰：特来见公，余无他焉。公意则喜笑，垂问如旧亲识。他日是人复来，公又忘之矣。叛臣留梦炎等皆骂曰风汉。北人指曰铁汉。千百人曲说其降，公但曰：我不晓降之事。虏酋曰：足跪于地则曰降。公曰我素不能跪，但能坐也。贼曰跪后受爵禄富贵之荣，岂不为荣？何必自取忧苦。公曰既为大宋丞相，宁复效汝贼辈带牌而为犬耶？或强以房笠覆公顶上，则取而溺之，曰：此溺器也。德祐八年冬，忽有南人谋刺忽必烈，战栗不果，被贼杀。或谓久留公，终必生变，非利于鞑。忽必烈数遣叛臣留梦炎等坚逼公归逆。谓忽必烈曰：鞑靼不足为我相，惟文公可以为之，得其降则以相与之。公曰：汝辈从逆谋生，我独谋尽节而死，生死殊途，复何说？大宋气数尚在，汝辈大逆至此，亦何面目见我？遂唾梦炎等去之。会有中山府薛姓者告于忽必烈，曰：汉人等欲挟文丞相拥德祐嗣君为主，倡义讨汝。忽必烈取文公至,问之。公慨然受其事,曰:是我之谋也。请全太后德祐嗣君至,则实无其事。公见德祐嗣君,即大恸而拜,且曰:臣望陛下甚深。陛下亦如是耶,谓嗣君亦从事于胡服也。忽必烈始甚怒公,然忽必烈意尚惜公忠烈,犹望公降。彼再三说谕公数忽必烈五罪,骂詈甚峻。忽必烈问公欲何如?公曰惟要死耳。又问欲如何死?公曰刀下死。忽必烈意欲释之。俾公为僧,尊之曰国师,或为道士,尊之曰天师,又欲纵之归乡。公曰三宫蒙尘,未还京师,我忍归忍生耶,但求死而已。且痛骂不止,诸酋咸劝杀之,毋致日后生事,忽必烈始令杀之。公闻受刑,欢喜踊跃,就死行步如飞。临下刃之际,忽必烈又遣人谕公曰:降我则令汝为头丞相,不降则杀汝。公曰不降。且继之以骂,及再俟忽必烈报至始杀公。公之神爽已先飞越矣。及斩,颈间微涌白膏,剖腹而视,但黄水,剖心而视,心纯乎赤。忽必烈取其心肺与众酋食之。昔公天庭攫第,唱名第一,出而拜亲,革斋先生留京师,病已亟,命之曰:朝廷策士,擢汝为状头,天下人物可知矣。我死汝惟尽心报国家。母夫人遭德祐变故,逃避入广,又尝教公尽忠,故公始终不违父母之训,尽死于国家,无二心焉。公自号三了道人,谓儒而大魁,仕而宰相,事君尽忠也。忠臣孝子大魁宰相古今惟公一人。南人慕公忠烈者,已摭公之哭母诗"母尝教我忠,我不违母志,及泉会相见,鬼神共欢喜"之语,作鬼神欢喜图,私相传玩。公在患难中,尝终日不语，冥然默坐，若无萦心者。五载陷虏，千磨万折，难殚述其苦。事事合道，言言皆经。一以相去远，二以人畏祸，不肯传，百仅闻其一二。累岁摧挫之余，老气峥嵘，视初时愈劲，时作歌诗自遣，皆许身殉国之辞。间见数篇，虽有才学，然怪其笔力不能操予夺之权，气索意沮，深疑其语。后乃知叛臣在彼诪虏嫉公，或伪其歌诗，扬北军气焰，眇我朝孤残。怜余喘不得复生之语，杂播四方，损公壮节。公自德祐二年，陷虏北行，行作指南集，景炎三年虏陷，作指南后集，公笔以授戴俊卿。文公自叙本末，有称贼曰大国，曰丞相，又自称曰天祥，皆非公本语。旧本皆直斥虏酋名，不书其僭伪语，观者不可不辨。必蔽于贼者畏祸易为平语耳，诗之剧口骂贼者亦以是不传。礼部郎中邓光荐蹈海，为贼钩取，文公与之同患难，颇多唱和。杜许尝除侍郎，海中杀贼颇夥，后以战死。公之家人，皆落贼手，独妹氏更不改嫁贼曹，谓我兄如此，我宁忍耶？惟流落无依，欲归庐陵，贼未纵其还乡。公名天祥，字宋瑞，号文山，庐陵人，父名仪，号革斋。公被擒后，己卯岁往北道间作祭文遣孙礼诣庐陵革斋先生墓下为祭，仍俾侄升立为嗣。公宝祐四年年二十一岁，廷对为大魁，四十一岁拜丞相，乱后出处大略如此。平生有事业文章，未悉其实，未敢书。思肖不获识公面，今见公之精忠大义，是亦不识之识也。人而皆公也，天下何虑哉？意甚欲持权衡笔，详著忠臣传，苦耳目短，不敢下笔。然闻为公作传者甚有其人，今谅书所闻一二，助他日太史采摭，当严直笔，使千载后逆者弥秽，忠者弥芳，为后世臣子龟鉴欤。

观此等文，其民族主义何等热烈？读之而犹不振愤，岂夫也邪？原夫吾华夏之民族主义，实始于轩辕。史称黄帝披山通道，未尝宁居；东至于海，登丸山，及岱宗；西至于空桐，登鸡头；南至于江，登熊湘；北逐荤粥，合符釜山。《索隐》云："荤粥，匈奴别名也。"至唐虞之世，蛮夷猾夏，舜使皋陶为士以治之。"靡室靡家，玁狁之故；不遑启居，玁狁之故。"此美文王代玁狁之诗也。"戎狄是膺，荆舒是惩，则莫我敢承"，此美周公攘夷狄之诗也。此我国盛世民族主义之文学也。至齐桓相管仲，亦攘夷狄以尊周室。故孔子称齐桓之功，而赞管仲之烈。曰："微管仲，吾其披发左衽矣。"《春秋》之美桓公即本此志。故曰：《春秋》攘夷之书也。后世民族主义之文学，盖莫不本于《春秋》。故史称岳飞好《左氏春秋》，而文天祥《狱中与子书》，亦欲令其专治《春秋》，岂无故哉？